张天夫　著

天夫诗联赋

诗词

图书在版编目（CIP）数据

天夫诗联赋.诗词 / 张天夫著. —— 北京：中华书局，
2019.12
ISBN 978-7-101-14179-5

Ⅰ.天… Ⅱ.张… Ⅲ.诗词-作品集-中国-当代
Ⅳ.①I217.2②I227

中国版本图书馆CIP数据核字(2019)第272808号

题　　签　张天夫

书　　名　天夫诗联赋·诗词
著　　者　张天夫
特邀编辑　陈启辉
责任编辑　许旭虹
出版发行　中华书局
　　　　　（北京市丰台区太平桥西里38号 100073）
　　　　　http://www.zhbc.com.cn
　　　　　E-mail:zhbc@zhbc.com.cn
印　　刷　天津艺嘉印刷科技有限公司
版　　次　2019年12月北京第1版
　　　　　2019年12月北京第1次印刷
规　　格　开本787×1092毫米　1/16
　　　　　总印张41　总字数60千字
国际书号　ISBN 978-7-101-14179-5
总 定 价　200.00元

张天夫

作家

文化人、策划人

现居湖南常德

右録牛撝詩
重陽九登高
戊戌孟秋江東居
湖人陸天夫

獨立嵯峨
雪屋中
坐擁圖書
萬卷

目　录

怀抱之间

山川之间

4

草木之间

无题

漫踏春风轻踏雨，
文章浩渺似东流。
上天不解胸中事，
抱座江山也犯愁。

怀抱之间

风雨夜有怀

半夜风声半夜雷，

虚惊人世几寒梅。

江河岁岁复东去，

敢问苍天将欲为？

一九九七年十二月三十一日岁末
石门宝峰开发区即兴

　　半夜风雨大作，从睡梦中惊醒，卧听雷电拍窗，风雨惊瓦，朦胧中，倏忽跳出四句话来，直抒胸臆，全无遮掩，皆心中坏块。读龚自珍《己亥杂诗》"我劝天公重抖擞，不拘一格降人才"，常感叹不已，其心亦然。

　　诗最忌雕琢，能脱口而出最好。

二〇一八年九月二十五日上午 9：23
江南居

夜宿罗坪银杏客栈

十万苍山伴我眠，
寒星无事弄清烟。
人逢穷处恋长夜，
撕破青天梦一团。

二〇一二年六月十七日上午 9∶30
石门罗坪至南北镇途中

　　夜宿罗坪深山，静极，一人卧在床上，眠又未眠，思又未思，无端生出天穷我，无奈其何之感，但又不甘寂寞，欲"撕破青天"，还"梦一团"于此夜。待拂晓归去，眼前仍是满目青山。

　　移情于诗，情多则乱，能吐心中一曲为真性情。

二〇一八年九月二十五日上午 9：54
江南居

三江口春望

背倚小城舒远望，
江流江雨淡无痕。
岸边杨柳忙飞絮，
何事春风不度人？

二〇一三年三月一日晚上 11：54
江南居

　　站在三江口湖滨，望湖风散柳，紫燕飞絮，有感春度万物，而独忘湖边人，禁不住问春："何事春风不度人？"一语惊波，春无言。是责天？是责春？是责人？皆是皆不是，其为何？自不知。风遇墙折身而返，诗会翻墙而过，扬长而去，在风中留一声长叹。

　　诗发牢骚，要成为一道闪电。

二〇一八年九月二十五日上午 10：37

江南居

湖南屋脊远眺

春色无边扑楚湘，
苍山如骏涌襄阳。
九天有事将询我，
心坐白云照大江。

二〇一三年三月三日上午 10：40
江南居

　　登雄浑之山当发狂气，无狂气则可看作未登山。上湖南屋脊吐了两句话："九天有事将询我，心坐白云照大江。"此心比山高。然，狂气绝非豪言，须景、人、情三者相融，自然流泻，此谓人怀中有乾坤，乾坤当配尔歌之。否则，虽有豪言壮语，则意不配天地之气，终是平庸之音。

　　诗的大情怀来源于诗胆，诗胆是搁在天边的。

二〇一八年九月二十五日上午 11：07
江南居

无题

漫踏春风轻踏雨，
文章浩渺似东流。
上天不解胸中事，
抱座江山也犯愁。

二〇一三年三月五日晚上 10：49
江南居

　　《无题》是心中有题而笔下无题，作者留给读者去猜。江山是人人都喜爱的，帝王们为了她争了几千年，诗人却"抱座江山也犯愁"，可见愁比江山还大，还重，诗人到底为何发愁？自己也许一半清醒，一半模糊，其实这并不影响诗意的表达。

　　诗忌直解，不好表达的诗意正是诗意。

二〇一八年九月二十六日上午9：10

江南居

山中

为避尘烟入野林，
一溪流水系足音。
天公与我同船渡，
一片桨声一片云。

二〇一三年三月十一日晚上 10：40
江南居

　　这些年无事去山中的时候少，有事去山中的时候多，每次去山中正好借林泉涤洗一下身上的尘垢，免得愈积愈厚。站在云海之上，仿佛觉得自己和天在一条船上，"一片桨声一片云"，不知划向何方？也不知彼岸何在？看当今世人多知其来，不知其往，更不知一生可与谁共渡？

　　诗能渡己，也能渡人，读诗就是渡人。

二〇一八年九月二十六日上午 9：45
江南居

江南居速写

半室石头半室兰，
与茶知遇到杯前。
心中日日沉浮事，
聊作杂书慢慢翻。

二〇一四年五月二十七日上午 10：06
江南居

　　江南居在澧水南岸，是作者寓所，虽面积可观，但绝非豪宅。一楼是奇石馆，杂以兰、根艺、字画之类，工作室夹在其中，品石、品茶、品人、品事皆可不出大门，窗外车声喧哗，可充耳不闻。每天的"沉浮事"大致有三：室外大潮起伏，此沉浮一；室内思维起伏，此沉浮二；案头杂事起伏，此沉浮三。每日的沉浮事，都在眉头上一起一伏，亦集亦散。

　　诗要留余味，最好的余味是有理而不挑明。

二〇一八年九月二十六日上午 10：23
江南居

写意长沙牡丹会

天姿难买自妖娆，
一扇清风色不凋。
月下丽人花宴请，
潇湘随汝步良宵。

二〇一六年六月九日丙申端午晚上 11：34
江南居

　　中国牡丹会是著名文化学者王林的一大创意，汇聚了全国各路女性企业家精英，每年岁末的长沙牡丹之夜，色耀星城，情动湘江，面对牡丹一般的"月下丽人"，一时会不知所措，唯有"花宴请"可当之。"云想衣裳花想容"，良辰之时，花宴请四海牡丹，芙蓉国当如何？无疑是拥着丽人飘然起舞，不知情落何方？

　　诗写事只借物渲染，言未发而情要先发。

二〇一八年九月二十六日上午 10：49
江南居

题凌晨书屋

手挽清江上此楼，
阁中学子越从头。
读书当效洲边水，
静似深潭隐隐流。

二〇一六年七月二十三日上午 9:54
江南居

　　用一物象阐述一理，此理当会因此物而简单，而深化。凌晨书屋翼然在澧水北岸，楼上有学子阅读，楼外有澧水深潭，潭外静而内隐潜流，缓缓无声，这正是读书人应有的一种修养和境界，心欲静而思欲动。我在另一书斋联中写过"小城不语忙飞雪，深夜无人正读书"，可与这首诗相看成趣。

　　诗借外象阐明道理，一句诗可当一部论著。

二〇一八年九月二十六日下午 4：20
江南居

夏日黄昏散步四章之一

友人索墨意缠绵，
无奈身乏笔亦闲。
河岸拾得风两丈，
写一"凉"字送君前。

二〇一六年七月二十五日上午 11：50
江南居

入夏，想要写几个字的人不少，苦于酷暑人乏，懒于笔墨，唯等到日落后河边走走是一天的乐事。来到江边，晚风拂面，突然跳出来"河岸拾得风两丈，写一'凉'字送君前"两句话，凑齐一首诗后发上微信，友人皆乐，说此诗可消暑，并叮嘱要写就写这首诗，送了一个"凉"字，还是抵不了"字"债，君得"凉"而我却要得大汗了。

诗的面孔越像儿童越天真难得。

二〇一八年九月二十七日上午 9：53
江南居

夏日黄昏散步四章之二

河蒸暑气瘦如竹，
几片江风若有无。
夏日贪凉寻古井，
跌进灯下小茶壶。

二〇一六年七月二十五日下午4：11
江南居

　　在写这首七绝之前，我曾
写过多首以茶为题的自由诗，
诗中把茶壶说成是"东方的
庙"，"书桌上，茶壶是第二
盏台灯"，在这首绝句中又把
茶壶比喻成"古井"，这在古
人的诗中未曾见。其味不在比
喻之如何新颖，而在夏日贪
凉，不慎跌入灯下茶壶这口古
"井"中去了。天顽皮，弄
出此趣，夏日再酷，人也清凉
了。

　　诗不仅要重喻，更要喻中
生趣。

二〇一八年九月二十七日上午 10：26
江南居

夏日黄昏散步四章之四

四面空山似洞房，
霞书喜字挂云墙。
娇阳欲娶西江月，
万树蝉声贺夏郎。

二〇一六年八月七日早上 7：34
江南居

　　生性喜欢动中求静，夏天最爱听蝉鸣，蝉噪得越响越觉得夏日的可爱。黄昏河边散步，江中夕阳明月相挽，蝉对着江面吹吹打打，好一个夏日黄昏嫁娶图，故用笔画出了"娇阳欲娶西江月，万树蝉声贺夏郎"一幅夏日嫁娶的场面。君若读到此诗，不想祝贺一下夏郎否？

　　诗最忌"想"，"两句三年得，一吟双泪流"，那会苦死诗人。诗是灵物，喜一触即发。

二〇一八年九月二十七日上午12：00
江南居

山中访友不遇

久未进山林巳瘦，
白云头上野花稠。
空山百里无人锁，
一纸留言是晚秋。

二〇一六年九月十七日上午 9：41
常德柳荷鑫苑

访友不约，去而不遇是常有的事。古人"只在此山中，云深不知处"，有点不遇而自得其乐的情致。但像王子猷雪夜坐小船访戴安道，乘兴而来、兴尽而返的事我却未曾有过。看来现代人是学不到古人的。但也遇上过别趣，在无人关锁的空山里，眼前只有一片疏林，一地野花，一沟浅流，一片晚秋，这片晚秋正是朋友的留言，上面写着"王孙自可留"。

人有此趣诗有此怀，反之，诗离人远矣。

二〇一八年九月二十七日下午4：06
江南居

重阳登高

独立苍山陪雁吟，

松涛擢发乱纷纷。

天怜歌者踏霜早，

披我秋风万里云。

二〇一六年十月十三日下午 5：29
江南居

古人重阳多登高，现代人户外活动多，但那不叫登高，只能叫爬山，登高是与天地同行。陶渊明在江西柴桑老家"登东皋以舒啸"，一岭小丘，高不过数尺，陶渊明却能开怀长笑，故登高不在山高，而在意高。天见我踏早霜登高是个早行人，无有馈赠，故披我一身秋风。天怜我什么？没有说，我无须问。

诗是没有结尾的，能结尾的诗都是蹩脚诗。

二〇一八年九月二十七日下午 4：44
江南居

感念扶贫模范王新法·夜归

为架溪桥踏月还，

蛙声满壑袖中揣。

忽闻山寨木门响，

风过心知村长来。

〔注释〕
王新法生前任薛家村名誉村长。

二〇一七年二月二十八日上午 11：34
常德柳荷鑫苑

　　王新法是在党中央实行精准扶贫活动中涌现的全国扶贫模范，事迹感动了千百万人，我曾为他写过一首1200句的长诗《信仰之光》。而这首小诗只写了王新法在薛家村踏月而归的一个情景。扶贫人夜过山村，山风吹来，百姓心有灵犀，知村长开会夜归。此诗在长沙举行的湖南省老干诗词协会成立三十周年晚会上朗诵，感动过不少人。宋时范成大的《四时田园杂兴》"童孙未解供耕织，也傍桑阴学种瓜"之所以让人玩味，就是因为诗中有景有事，此诗也具这样的意象。

　　诗不宜有抒情和叙事之分，诗情少易枯，诗事多易滞，情景交融最好。

二〇一八年九月二十七日下午 5∶18
江南居

感念扶贫模范王新法·孤村守岁

心忧孤寡守孤村，

孤影孤灯入夜深。

一点红炉千岭雪，

空山独坐不眠人。

二〇一七年二月二十八日上午 12：50

常德柳荷鑫苑

032

　　王新法在薛家村扶贫五年，远离北国，年年岁暮不忍离去，在大山中陪空巢老人和留守儿童过年。除夕这天，夜深、山深、雪深，孤村、孤灯、孤影，木楼中独坐不眠人，一点红炉，千山飞雪相陪，薛家村几百双泪眼对着雪花朦朦。在长沙湖南省老干诗词协会成立三十周年晚会上朗诵这首诗时，在座的听了都禁不住热泪盈眶。

　　诗可不作议论，凭画面去感人。

二〇一八年九月二十八日上午 9：38
江南居

诗酬汉寿克刚君

春日访君不见君，

转寻沧浪洗缨人。

归来留下诗一首，

满地黄花是我吟。

〔注释〕
丁克刚《赋约三月天——天夫先生
访龙阳不遇》：
春风吹来天夫君，万里龙阳艳阳春。
沧浪水载濯缨歌，辰阳夜宿关圣人。
沅澧夜遇川黔水，洞庭碧波映壶瓶。
词赋当得三月天，几时把酒与君吟。

二〇一七年三月二十六日晚上 10：48
江南居卧榻手机微信

　　与克刚君交往甚笃，常以诗互答。他在汉寿县主政，早春去拜访，因周末不遇，他得知后，寄我《赋约三月天——天夫先生访龙阳不遇》一诗以答谢，我也凑句相酬，且告知君，"满地黄花是我吟"。君回复说，他同时收到了我两首诗：一首七绝，一首黄花。

　　酬答诗，不宜细琢，细琢失真情。

二〇一八年九月二十八日上午 9∶59
江南居

暮中远眺

唯有云峰从未忘，
时来江畔送夕阳。
放只归雁苍烟外，
衔座青山扮故乡。

二〇一七年七月二十八日早上 7：33
江南居

　　怀念故乡是每个人不能舍弃的情结。我的故乡在离县城较远的河谷中，后让一片无情的水淹没了。在城里每到黄昏我常沿河堤散步，散步正遥对故乡的那片山，远烟不时撩动思乡人，期待归雁从天边衔一座山来，扮作故乡，让人看上一眼泯掉些许乡愁。此情与贾岛渡桑乾"却望并州是故乡"的心境是相通的。

　　写乡愁的诗很多，写出特点很难，唯情思能独出机杼者方称得上诗的故乡。

二〇一八年九月二十八日上午 10：38
江南居

六月诗台独坐

静坐楼台夜未央，
一身瘦影比天长。
暗将杯水贿明月，
送眼秋波让我狂。

二〇一七年八月五日晚上 10：49
江南居

　　六月诗台是江南居的屋顶平台，酷夏只要在上面一坐，常有诗冒出来，可见此台有几分灵气，故赐其名曰"六月诗台"。六月诗台离澧水河不过50米，入夏，头上疏星几点，脚下孤月一轮，清风徐来，暑气全消，坐至子时，一身瘦影，觉得孤寂无伴，想用半杯残茶亲近明月……本知明月无私，我一杯薄水可以贿赂得了明月吗？

　　许多好诗都是倒着写的，先得一句胜意，再成篇，倒着写的诗是让你非写不可的诗。

二〇一八年九月二十八日上午11：17
江南居

缅怀余光中·隔海哭别余光中先生（三首选一）

长沙相送柳朦朦，
十载翻诗沐海风。
梦欲赤足拂浪去，
悲声先我到高雄。

二〇一七年十二月十六日上午 11：01
江南居

2006年第四届中国石门茶文化节，我把余光中先生从海峡对岸请过来品茶论茶。十多年过去了，先生在高雄从我的《品茗赋》中摘录了"中天明月坐禅，大块江流无声"两句，用硬笔书写了寄给我，不久他就离世了，成了他一生的绝笔，今天这幅墨稿尤显珍贵。先生突然离去，我在海峡对岸追念不已，梦中"赤足拂浪"，可见身急；"悲声先我"，更见心急。一片悲悼之情越海峡而去。

诗写真情浓情不一定要大泼墨，有涌泉之笔可动容。

二〇一八年九月二十九日上午 10：06
江南居

痴书

书读三千人更忧，
一朝不见似乡愁。
天涯游子怎如我，
千里归途书作舟。

二〇一八年九月十七日晚上 9：44
逸迩阁

　　大凡人有两痴，一是痴故乡，二是痴书。痴故乡的人多痴书，痴书的人一定痴故乡。因两者有一个共同点——都是"家"。故里是父母之家，书香是灵魂之家，皆是终生不能离弃者。人总是这样，读书愈多恋书愈深，如人愈老愈恋故乡，只是天涯游子来去，怎如我千里归乡似箭，一路书声相随，有书作舟，故乡不远。若回到故乡，怀中又有书，就分不出谁是故乡了。

　　诗要学会借此物写彼物，使两者彼此不分。

二〇一八年九月二十九日上午 10：43
江南居

碣石山观苍海

眼牵落日看归帆，
白浪轻挥魏武鞭。
忧恐北国诗意冷，
手提渤海壮燕山。

张天夫

古今之间

澳门回归抒怀

百年回首恨央央，
大块揪心割远洋。
留与中原英气在，
敢拍南海复朝阳。

一九九九年十二月十八日
石门人民医院病榻口占

香港回归时我曾撰过一联，下联是"历史无奈恨前朝"，抒发了当时回首中华近代百年复杂的心情。此诗中"大块揪心割远洋"，"揪心"二字也是"无奈"之恨。鸦片战争后那段屈辱史，不是用"爱国""卖国"两个词就能点评的，能真正刻上青史的，是后来能让中华民族站起来，今天又"敢拍南海复朝阳"的历史记忆。历史多无奈，何必恨前朝。

诗写历史事件，人不能沉到历史的深潭，要跃离历史的浪尖。

二〇一八年九月二十九日上午 11：23
江南居

春前飞雪

一江疏雨沐寒烟，
半句轻雷下碧坛。
为叫隔年春早亮，
手扬飞雪拭新天。

二〇一五年二月二十四日正月初
六上午 11：30　江南居

　　绝句难在其中一句要"绝"，吟到此句一下子提醒全诗，成为绝响，而此句又往往多落在结句上，所谓卒章显志。要得此"绝"句，难在其意独到。人立在岁暮寒风中，天突然扬起了漫天大雪，仿若人们过年擦拭门窗，冬也用飞雪洗涤旧岁，擦亮新宇。要过年了，要立春了，"手扬飞雪拭新天"，天为之喜气洋洋。不知此句可"绝"乎？

　　写一首绝句不难，难在诗中意境要绝。

二〇一八年九月二十九日上午 11：48
江南居

春联颂二首之二（二首选一）

漫放鞭声扮早雷，
收拾寒树待青归。
江南抱雪寻芳草，
一对春联作喜眉。

二〇一七年一月二十七日丙申除
夕下午5:51　江南居

此诗发表在《中华诗词》2018年第2期上。春天将至，江南抱着残雪去寻芳草，额头上扬起春联一对喜眉去迎春，如少女焉。自古颂春联的诗不少，有万态，有万象。这里把春联设喻为一对"喜眉"，既得形似又得神似，新春有这对喜眉，春风岂不大乐之。

诗作想象，要在意外取象。

二〇一八年九月二十九日上午 12：07

江南居

迎春曲六首·迎春

岁暮钟声行未远，
春风已上洞庭船。
且邀日月迎君去，
赠与江南十万山。

二〇一七年一月三十日丁酉正月
初三上午 9：49　江南居

　　此诗发表在《中华诗词》2017年第2期上。钟敲岁暮，万物思动。"春风已上洞庭船"，春急；"且邀日月迎君去"，人急；"赠与江南十万山"，情急。迎春之情有杜甫归家"即从巴峡穿巫峡，便下襄阳向洛阳"之急迫，有此三急，迎春之心不可追。

　　写古体诗最忌重复古人，要让古人不认识你。

二〇一八年九月三十日上午 8：47
江南居

迎春曲六首·拜年

福音报晓腊梅早，
笑脸相逢拱手高。
最是东君携紫气，
进门春日作红包。

二〇一七年二月二日丁酉正月初六
上午 10：43 橘香东路河堤雨中散步

054

　　《拜年》发表后，不少人觉得有味，尤其对"进门春日作红包"这句感兴趣，大概是诗中的场景既民俗又贴近时代生活的缘故。拜年送红包合时尚，春日作红包合诗理，二者相偕合天趣。范成大《四时田园杂兴》所以惹人喜欢，就在于每首诗都是风俗画。此诗亦有画趣。

　　民风入诗，其诗眼是一个"俗"字。

二〇一八年九月三十日上午9:11
江南居

迎春曲六首·春风

南岭山头遇暖风，
欲牵裙带入怀中。
芳足一点潇湘水，
越过衡山两百峰。

二〇一七年二月十三日丁酉正月
十七晚上 10：35　江南居

　　旅粤返湘必过南岭，在南岭上逢春归，如遇故友，甚喜之。正欲掳君入怀，一同南行，谁知春南归之情更迫，一不留神，从我手中溜走，春的芳足在潇水上面轻轻一点，眨眼飞过衡山，瞬间就踏跑了吴越江南。激情莫如春风，痴情莫如诗人。

　　诗之有为，在万物之有为。

二〇一八年九月三十日上午 9：50
江南居

迎春曲六首·春至

紫燕衔泥橘树下，
轻风还入旧窗纱。
从来绿色不迷路，
携个江南到我家。

二〇一七年二月十八日丁酉正月
二十二上午9：29　江南居

　　春从海上去江南，可御风而来，可乘帆而来。是泛月色而来，还是踏雨声而来？进深山，去农舍，如紫燕归巢，游子返故里。大地上有千条路，为何"绿色不迷路"？大概是绿色最会识路吧。这一想象应说是发端的。其外象是说春不迷路，其内象是希冀世界不要走失方向。绿色远道而来，"携个江南到我家"，我复何求？

　　想象是诗的翅膀，但须凭思想的风才举得起来。

二〇一八年九月三十日下午 5：20
江南居

初秋八吟·秋夜访灵泉寺

泉声引路过溪村，
无事闲风忘伴君。
心踏钟声登翠岭，
误敲明月当山门。

二〇一七年八月二十日上午 8：25
江南居

　　夜访山寺，看僧敲月下门，是过去文人们经常入诗的题材。当下人浮躁，僧人也跟着浮躁，寺庙多成商场，而夹山还把持着本性，藏得住古寺。待日暮，一点夕阳，再添一片钟声，山入模糊，此时，人在丛林山径上蜿蜒独行，一轮满月越过树梢举到你面前，是明月乎？是山门乎？僧敲月下门，这次轮到诗人敲月下"门"了。诗人没糊涂，山门即月，月即山门，能让心唯一者，万物则无区别。

　　能忘乎所以的人可做诗人。

二〇一八年九月三十日下午5∶55
江南居

初秋八吟·秋思寄远

忽忽雁影上毫端，
莫对长空画冷烟。
为叫来年春早绿，
先差黄叶下江南。

二〇一七年八月二十日下午 5∶35
江南居

前人写秋，无外乎两种秋绪：一是悲秋；二是乐秋。刘禹锡"我见秋日胜春朝"，写的就是乐秋。但乐秋的终究不多。这首《秋思寄远》既不悲也不乐，可归于"思秋"一派。"思秋"乃何？盼来年大地早着绿装，在这里一不悲黄叶，二不催黄叶，而是"差遣"黄叶下江南，如叶下洞庭波。"差"有敦促之意，"下"有纷纷之意，黄叶下了江南，春还远么？

诗不尽意在于人的欲望没有尾声。

二〇一八年十月一日下午3：07
江南居

初秋八吟·秋泊金陵

舟泛秦淮细雨多，

城头黄叶乱沾河。

秋风莫道无颜色，

昔染金陵十二波。

二〇一七年八月二十一日上午 10∶22
江南居

　　宋诗所以略逊唐诗，在入论太多。诗中议论多，能透理，但易伤诗，尤其是写史的诗，稍不留心，就会滑入说教中去。刘禹锡的《金陵五题·石头城》"山围故国周遭在，潮打空城寂寞回。淮水东边旧时月，夜深还过女墙来。"白居易对之"掉首苦吟，叹赏良久"，赞之曰："石头题诗云：潮打空城寂寞回，吾知后之诗人不复措词矣。"刘禹锡将这些话录入组诗引子，可见他自视此诗为得意之作。诗中无一句议论，而金陵兴衰尽出。这首《秋泊金陵》也不发议论，秋月能染昔日金陵十二波（寓指当年金陵十二钗），岂能无颜色？笔点到秋风，秋风不负笔意，已回答千古兴亡。

　　诗点评历史，只要一束目光。

二〇一八年十月二日上午 10：00
江南居

二月启蒙·祈春

郊外寻芳脚步轻，
先燃桃树点心灯。
为求二月怀国色，
手捧春风去放生。

二〇一八年二月十九日戊戌正月
初四上午 10：08　江南居

民间把春看得很重，有春社、踏春、鞭春牛等不少祈春风俗，"千门万户曈曈日，总把新桃换旧符"，就是当年王安石笔下的风俗。开春了，一切都在复苏。《祈春》这首诗，首先用桃树点亮人心这盏灯，意在表达虔诚，祈求春为人间孕育一片天姿国色。若遵旧俗找一片池塘去放生鱼、放生龟已不足以感动上苍，那么，放生春风，可乎？天张开佛目一笑。

诗的想象要在情理之中，但要在天理之外。

二〇一八年十月二日上午 11：45
江南居

二月启蒙·惊春

江来江去两枝花，
笑抱胸前迎早霞。
大地闻雷忙跃起，
东风上树数新芽。

二〇一八年二月二十二日戊戌正
月初七下午 5：32　江南居

068

　　春天来了，如客新至，万物抑制不住兴奋，江河抱着鲜花前去迎接朝霞。大地听到雷声，倏忽跃起，在地平线上踮脚四顾；东风好奇，童子般窜上树，上蹦下跳，数枝头新芽发了几许。诗中一个"数"字，凸显大地惊春、窥春、宠春之憨态，之痴情。春动万物，最先动者是人心。

　　万物皆有童趣，而诗为童心。

二〇一八年十月四日上午 8：32
江南居

北戴河之夏五首·山海关

自古燕山并日高，
长风推橹送妖娆。
天奔秦岛千秋月，
海出雄关万里潮。

二〇一八年六月二十七日早上 6：55
中国作家协会北戴河创作之家 2409 房

夏游秦皇岛，在北戴河海滩看到一尊戚继光的青铜塑像，极具动感，上面镌刻有戚继光在秦皇岛观海亭写的两句诗："春入汉关三月雨，风吹秦岛五更潮。"默念良久不肯离去，海上的潮和心中的潮拍面而来。自古写在秦皇岛沙滩上的诗，除了魏武帝的"东临碣石，以观沧海"和毛泽东的"大雨落幽燕"外，恐怕只有戚继光的这两句可壮秦皇岛。这首《山海关》也想聊作一壮，天奔秦岛而来的是千古明月，海出雄关而去的是万里大潮。有山海关在，天下可称雄。

诗不雷同，用襟怀避之。

二〇一八年十月四日上午 10：06
江南居

北戴河之夏五首·天下第一关

长城受命锁幽燕，
千古歇鞍马不前。
云矮易翻渤海水，
天高难过第一关。

二〇一八年六月二十七日下午 1：48
中国作家协会北戴河创作之家 2409 房

072

　　山海关所以能冠"天下第一关"，一占山海形胜，二占锁钥天下。中华几度兴衰，皆与此关门栓不牢有关。回首往事，多有感叹，时势若不慎，天机若不察，天纵高亦过不了此关。故诗人再次提醒世人——"天高难过第一关"！天不语，海无声，历史到此，为何会"千古歇鞍马不前"？今日当深思。

　　诗人和诗都不是论评家，但若能以物来形象说事，其理可胜评论家。

二〇一八年十月十二日上午 10：11

江南居

北戴河之夏五首·渤海月夜眺燕山

云轻莫忘浪长啸，
晚日敲更关外潮。
年少海天知事早，
燕山夜佩月牙刀。

二〇一八年六月二十八日上午9：13
北戴河度假参观蓝圣海洋公园途中

　　诗人站在海天之间，背倚燕山，远眺海外，隐隐听到海风中传来磨刀之声，心怀忧虑，忍不住提醒国人：海在当值，浪在呐喊，燕山带刀守夜。海且年少，尚能持重知事，我中华民族岂能不克己用心，记住当年，枕戈待旦？

　　诗人不能为诗而生，应为情而生。

二〇一八年十月十二日上午 10：53
江南居

北戴河之夏五首·碣石山观沧海

眼牵落日看归帆，
白浪轻挥魏武鞭。
犹恐北国诗意冷，
手提渤海壮燕山。

二〇一八年七月四日晚上 9：47
江南居

　　戊戌夏登碣石山，碣石山呈黄褐色，横如龙脊，山中少树，坡陡，路曲如梯，岭无裂缝，远看就是一整块巨石，渤海平铺在数里之外，有海气升腾。登斯山是不允许生柔情的，故也发点豪兴。"手提渤海壮燕山"，为魏武帝秋风里观过的沧海、毛润之大雨中吟过的幽燕再添一片海浪。

　　诗有情怀，天下为上。

二〇一八年十月十三日上午 10：09
江南居

谒海南海瑞墓

四面碧波随"海"姓，

"青天"万里入君名。

怀中常抱天和海，

日月何愁不风清。

〔注释〕
海瑞，明代清官，中国老百
姓称他为海青天。

二〇一八年九月十五日下午 5：20
江南居

海瑞，生于海南岛，死于海南岛，住在海中间，天生姓"海"；头上是一片空旷的、博大的湛蓝的天，当年老百姓都称他为"青天"，他占了"海"，又占了"天"，是天人合一的"海青天"。世上许多事都没留下痕迹，而老百姓却永远记得这位海大人。从来皇帝不可靠，衙门不可靠，老百姓唯靠清官撑撑腰，可清官不多，几百年才遇上一个两个，但老百姓会像念阿弥陀佛一样把清官时时挂在嘴上，用清官避邪壮胆。若真能如诗人所愿"怀中常抱天和海，日月何愁不风清"，有谁能抱"天和海"，诗人引颈而望。

天树偶像，人怀愿望，诗吐情怀，三者立天地而生辉。

二〇一八年十月十三日上午 10：37
江南居

秋访临澧宋玉坟

宋玉悲秋秋更愁，
秋将衰草覆坟头。
天才不受西风掩，
还赋山花万里秋。

二〇一八年九月十六日上午 9：30
江南居

　　楚国宋玉在《九辩》中发出"悲哉秋之为气也"的悲秋之声，勾起千古诗人同悲。李白在《赠易秀才》中曾吟道："地远虞翻老，秋深宋玉悲。"杨巨源《登宁州城楼》也说："宋玉本悲秋，今朝更上楼。"古悲秋之声不远，宋玉坟就在离县城数十里之外，却挨到两千年后才去造访。此时站在这堆黄土前，看黄花满地，野草深深，我却全无悲意。嗟夫！西风可掩万物，唯天才不可掩。不可掩者，西楚宋玉。

　　诗的光芒不是诗人吐出来的，是造物者吐出来后被诗人发现的。

二〇一八年十月十三日上午 11：06
江南居

东风引

轻扬柳絮散幽梦，
漫饮春光十二盅。
乘醉遍栽花万树，
不折月下半枝红。

二〇一八年十二月二十日傍晚 6：23
橘香西路河堤散步

　　时令还在岁末就在想象东风，东风从雪中走来，轻步一摇，抖落满身柳絮一冬幽梦，抱着春光一倾而尽。这样的东风人人笔下有。而此时的东风却人人笔下无——东风催开花千树，自己不折半枝红。"折花逢驿使，寄与陇头人"，那是古人为情而损花。东风不然，为情而惜花，此情何？艳天下，我独放；惜春色，情无疆。

　　只给诗插上想象的翅膀还不够，还要告诉诗飞翔的姿式。

二〇一九年一月十日上午 9：03
江南居

冬日记忆二则·冬问

墙外西风吹晚林，
遍飞黄叶满园金。
残冬想问东君运，
拾片梧桐看掌纹。

二〇一八年十二月二十一日上午
11：44　橘香东路河堤散步

　　此诗写出来后吟给同仁听，同仁听后说很有民俗味，我一笑，有民俗味不定是诗，土家族的摆手舞、哭嫁等风俗都很有民俗味，但那不是诗。诗要把其中的"味"提出来，让"味"变成"理"，顺理成章，诗化于人。一年快过去了，都关心来年的命运，冬天也迫不及待，想替人间问问福缘，从地下拾片梧桐叶当作手掌细看掌纹。俗味、趣味、细味尽出，把时转季，人思运的社会心态凸现了出来。不说破，玄机尽在梧桐掌纹中。

　　诗要几分"俗"气才有根扎进泥土。

二〇一九年一月十日上午 9：44

江南居

冬日记忆二则·冬藏

步出柳岸望冬云，
岁暮江山更用心。
一丈芦花三寸雪，
压弯江上钓鱼人。

二〇一八年十二月二十二日上午 11：32
江南居

　　"冬藏"是人们心中的定义，以为到了冬天，一切都收敛了，百事不为，其实不然。你去深冬走走，就会发现彤云在创造飞雪，飞雪在创造统一，岁暮的江山更加用心努力，用宁静在储蓄激情。你看，用积雪压弯滩上芦苇，用芦苇压弯江上钓鱼的人，冬在静候佳音，等待钓出一竿新的天地。人都会喊青春万岁，忘了如果没有冬的蓄势，春天是青春不起来的。人类太需要冬藏了，不善于冬藏的人类是难以长久的。

　　诗要善于蓄势，诗的势蓄积在无为的空间中。

二〇一八年一月十日上午 10：33
江南居

己亥正月初一出行之一

晨风拂晓踏江阿，

一夜半衰黄草歌。

昨造渔舟刚下水，

桨推旧浪换新河。

二〇一九年二月五日己亥正月初
一上午 11：05　江南居

民间正月初一出门叫出行，要先放鞭子的。近几年城内禁鞭，清晨显得有些冷清，一个人静静地在河边走，第一个踏在春的头上，很惬意。河边新添了一只刚漆过桐油的渔船，正一桨一桨地向下游划去。桨是船的脚，它也是走在春的前面。我一路欣赏桨声，分不出一江水谁是旧浪，谁是新河，只觉得我的两只脚也是桨，路也是河。人之所以不可以同时踏入两条河流，因为世界上只有一条河流。

好诗没有新旧之分，是不会换季的。

二〇一九年四月一日上午 9：27
江南居

己亥正月初一出行之二

白纸文章无用多，
清茶好品奈何歌。
雪花枝上两滴泪，
落入春江是碧波。

二〇一九年二月五日己亥正月初
一上午 11：54　江南居

　　一年到头不尽人意的事肯定不少，这本是人生的特点，乖巧点就要向树木学习，自觉地去黄叶生新叶，保持生气不减。正月出行，看路旁枝头残雪，一滴滴落入江中，似雪之泪，又似树之泪，望之良久，突然觉得是我之"泪"，是我的"泪"化作了春波，因春波不喜欢悲泪，我是冬天雪做的，雪可以融化，但不会悲观。

　　人生无奈是诗歌的优质素材，诗可以转换它的基因。

二〇一九年四月一日上午 10：09

江南居

己亥正月初一出行之三

昨夜何曾送旧年，
窗前仍是水接天。
春风不请如期至，
未聘樱花花满园。

二〇一九年二月八日己亥正月初
四上午9：30　江南居

　　季节可以从中间切断，而人的情感有如河流，是无法从中间切断的，虽说"昨日之日不可留"，但少了"今日之日多烦忧"，最难得的是天随人意，东风不邀而至，樱花不聘而发，时在春头，就逢春气逼人，今日之日还有何忧虑？唯有一恨：我未曾见太白，太白亦未曾见我！

　　诗人要会徒步穿越历史，用心穿越苍穹。

二〇一九年四月一日上午 10：56
江南居

新年风雪夜长街独行

琼玉纷纷舞暮云，
小街灯照晚行人。
乾坤与我皆无语，
静裹银花入夜深。

陆天夫

山川之间

夹山秋行之二（二首选一）

山裹白云云裹山，
秋风摇树树摇泉。
半轮红日落归鸟，
钟鼓一声静楚天。

一九九四年十月九日
石门清泉

夹山是茶禅文化的渊薮。茶入禅境，禅启茶道，夹山把茶、把禅都推到了一个新的高度，用一杯水、一间静室，共同修炼出心物无二、物物皆静的境界。用笔是写不出夹山之"静"的，只有独立山头，看归鸟衔日，闻寺钟飞天。是躁？是静？皆不知，只觉得有来有往，无始无终……

画表达不出来的东西诗往往可以表达出来，画能在纸上着色，诗能在天上着色。

二〇一八年十月十六日上午9：37
江南居

新年风雪夜长街独行之一（二首选一）

琼玉纷纷舞暮云，
小街灯照晚行人。
乾坤与我皆无语，
静裹银花入夜深。

一九九五年一月二日黄昏
石门县城荷花至清泉道中

098

　　平生喜雪，尤喜黄昏雪，可能是读了"晚来天欲雪"的缘故。好诗是第二位母亲，她可以生出人一生的"喜性"。这日，暮色渐灰，知有雪来，坐檐下静候。俄顷，银花纷纷，天地混乱，心随之飞舞，而行人皆不知赏雪，避之不及，独余十里长街，两行路灯。我则大喜之，光着头，顶着雪花，向三江口方向走去，十里长街竟无人陪我，一路吟着"乾坤与我皆无语，静裹银花入夜深"，慢慢地踏雪与天地同行。天地不忘我，我岂能弃天地哉！

　　心境之外并无诗，心境是诗之巢。

二〇一八年十月十六日上午 10：06
江南居

小城夜雪

长路无人灯自明，
家家围火话中兴。
故国一夜失关锁，
无尽琼花乱入城。

一九九五年一月二日子夜
石门清泉

100

　　白居易《问刘十九》中的"红泥小火炉"燃红了后人围炉赏雪的雅兴。一座小城，一间陋室，一盆炭火，一家人围炉夜语，是冬日风俗之极。至今少有此景此情了。难得今夜，眼前这座小城，云楼淡淡，街灯浊浊，楚国一时忘了关锁，让雪花满天随意走动，小城在混沌中，思绪被剪碎，随万花纷飞。不关锁的天地，才是真正的天地。

　　写诗要向雪学习，用简单的手法表达世界。

二〇一八年十月十七日上午 10：13
江南居

夹山四咏·晓寻碧岩泉

为煮佳茗上北岗，
寻得泉眼月中央。
点燃朝日试新水，
呼近江南茶正香。

二〇〇三年五月十七日下午
石门荷花

102

　　市政府曾让我去夹山主事，脚印没按几个，留下了四首小诗，后又被人搬上诗词讲坛，刻上了石碑。夹山能口传的文字本来就不多，几首短诗能踩在人心上，也算是留了脚印。夹山有好茶牛牴，有好水碧岩泉，有茶佛善会、圆悟，有心得"茶禅一味"，茶事俱全。待新茶下枝，唤沙弥生火，吴越潇湘岂能不齐聚夹山小饮之？自古好茶多于好茶诗，唯有东坡"从来佳茗似佳人"一句盖了天下名茶。鲁迅说"有好茶喝，会喝好茶，是一种福气"，能得一句两句好茶诗更是茶的福中之福。

　　咏物诗要人、物不辨，人、物两忘。

二〇一八年十月十七日上午 10:49
江南居

夹山四咏·夏宿玉带湖

青山四立似禅房，
慢数钟声渐渐长。
乘醉捧出湖底月，
低眉一看是秦唐。

二〇〇三年五月十七日下午
石门荷花

104

夹山幽谷就是禅房。入夜，钟声站在湖上，人立在湖心亭，互相交流深山藏古寺。脚下一轮月，浸在湖中波光不散，被诗人无意捧出湖心，不作佳人看，不生乡愁，轻轻揉眼细瞧，手中捧的竟是大秦盛唐。大雁塔上雁鸣钟声已远，何故还留这张"脸"在深山碧湖中，让后人夜不能寐？

难以回答的历史是最深刻的历史，不点明的诗意是最隽永的诗意。

二〇一八年十月十八日上午 7:33
江南居

夹山四咏·春日夹山归来远眺

春风乘兴带天扬，
吴楚青山着楚妆。
几缕新烟原上袅，
江山一半菜花黄。

二〇〇三年五月十八日
石门政协

106

　　春二月，江南最壮阔最好看的景致莫过于油菜花，被她装点的大地不仅艳丽，而且是一种贵气。她来了，需要三千里平畴才能托得住，故有了一句"江山一半菜花黄"。后来又以这句诗为题写了篇同题散文，报刊相互转载，都说题目好，意境美，但不知道是摘自诗中的一句。近几年，江南各地盛行油菜花节，不少景区都举着这句话作为招牌，在媒体上炒作，有的还用巨石镌刻在花海边，可见这首诗是又一片油菜花。

　　绝句本属格律范畴，但意不"绝"不可称绝句。

二〇一八年十月十八日上午8：29
江南居

夹山四咏·夹山秋行

不问闯王不问禅，
只登青岭数云山。
去年秋色曾约好，
借我红花扮少年。

二〇〇三年五月二十日下午
石门政协

108

　　夹山秋色很撩人，有红、黄、绿层叠之美，动、静相和之偕。而游人对此少有关注，学者多追寻闯王迷踪，香客多烧香求福，辜负了秋日的紫樟、红枫。山不高，人眼低，似乎是免不了的。刘禹锡曾在《秋风引》中写道"孤客最先闻"，遇秋而生悲；在《秋词》中却又说"我言秋日胜春朝"，看来，人是无恒情的，心境不同风光不同。我自认为有所持，常可做到景易而心不易，故独爱夹山秋，隔年就与夹山相约：借我秋色，扮个少年。

　　为诗人者，心不富，诗必穷。

二〇一八年十月十八日上午 9：13
江南居

和风诗十九首·和风梳柳

澧水和风薄似烟，
细梳杨柳舞翩跹。
江山也要勤梳理，
明镜一轮悬九天。

二〇〇五年十一月一日下午
2：00—晚上 10：00　江南居

110

　　十多年前，为和风茶楼写了十九首和风诗，加上一篇《和风楼赋》，经传播成了和风文化。一口气把一片风咏了十九章，算我多事，恐怕前人没做过，但集中一块儿读，可以读出风趣来。"和风"乃天之绪风，新春伊始，和风最先梳理的应该是柳丝，由此想到今之社会也是一头乱发亟待梳理。头顶有明镜高悬，和风不帮助梳理下，更待何时？

　　诗不是治策，但可以境宏道。

二〇一八年十月十八日上午 10：09

江南居

和风诗十九首·和风弄梅

似雪和风亮玉梳，

红梅妆罢嫁修竹。

无心吹落两三瓣，

印盖江山雪景图。

二〇〇五年十一月一日下午
2：00—晚上 10：00　江南居

　　鲁迅曾在私人通信中说：我认为一切好诗都被唐人做完，没有孙悟空一筋斗十万八千里的本事大可不必动手。鲁迅无非是说他不想当诗人。其实一代有一代的好诗，诗好不好在于有无时代的新鲜味，这个新鲜味，要在前人意料之外，在今人未曾意料之中。前人写梅花诗都没离开色、香、洁，而这瓣红梅随风吹落，如一枚印章盖在大雪的一角，证明这幅江山雪景图绝不是赝品，永不易人。唐代诗人没把梅花当印用，可见诗也没有被唐人写完。

　　写好诗的前提是你首先要有自信站在古人的前面。

二〇一八年十月十九日上午 9：44
江南居

和风诗十九首·和风踏雪

一天碎玉漫山洼，
落叶无痕踏雪花。
未必人生留脚印，
和风无意走天涯。

二〇〇五年十一月一日下午
2：00—晚上 10：00　江南居

我们曾多年提倡干部留脚印，今看和风踏雪，举步若烟，心素如水，和风尚如此，人何不效之？"未必人生留脚印"，希望这个社会与和风一样"无意走天涯"。社会和人太有为了，会殃及社会和百姓。

诗咏物而不能跳出物，只能算一片落叶。

二〇一八年十月十九日上午 10：13
江南居

和风诗十九首·和风沐夜

江山自古太疲劳，
又负星辰又负潮。
幸好和风营昼夜，
春秋不老浪滔滔。

二〇〇五年十一月一日下午
2：00—晚上 10：00　江南居

　　江山多娇，但江山偶尔也有疲劳的时候。待和风吹来，人和江山为之一爽，始觉春秋不衰，何故？"幸好和风营昼夜"，暖万物，拂人心，江山而得永恒。和风之道不愧圣人之道，天下当师和风。

　　诗反复咏一物，诗人须先有百态之心，后才有百态之诗。

二〇一八年十月十九日上午 11：06

江南居

117

和风诗十九首·和风媚月

风宿楼头月似钩，
钓出不夜小城秋。
凡人不晓夜深浅，
忘却长江独自流。

二〇〇五年十一月一日下午
2：00—晚上 10：00　江南居

　　站在江边和风中，看城中红绿闪烁，酒气薰天，淫歌飞飞，人岂能不仰天哀叹一二，万古一条江，至今与靡靡之音同流，天不怨，诗人怨。恨"忘却长江独自流"，一声低吟水东去，身边独有和风在。

　　诗若不如和风，因为没有和风的天赋；诗若胜过和风，因为诗人就是和风。

二〇一八年十月十九日上午 11：31
江南居

和风诗十九首·和风引啼

和风去夜引啼声，
群鸟出林乱早晴。
跃起朝阳跳独舞，
永不谢幕是光明。

二〇〇五年十一月一日下午
2：00—晚上 10：00　江南居

　　自己感觉这是一首想象新颖、意境向上的和风诗。风轻，鸟飞，林喧，朝日跃起，独自翩翩，这是宇宙间最光明最辉煌的独舞，舞动乾坤，其光明永不谢幕。世间光明之人才可享受之。此诗为不害意个别地方不合律，读者谅之。

　　诗不是政治家，但诗人是可以成为政治家的，诗是政治家的另一种宣言。

二〇一八年十月十九日下午 4：40
江南居

和风诗十九首·和风拂晓

拂晓和风下月钩，
推开千百小云楼。
半赊柳絮半赊雨，
风是春城万户侯。

二〇〇五年十一月一日下午
2：00—晚上 10：00　江南居

拂晓的和风从天边一钩新月上走下来，进小街，入珠户，开早市，又是一番风趣，更兼柳絮拂栏，细雨笼洲，捧出一个朦胧的小城早春，这一切都是和风所为。过去帝王分封诸侯，今封一个和风万户侯，主宰人间四月天，怎样？

诗有趣可笑着看，诗无趣可苦着看。

二〇一八年十月十九日下午 5：44

江南居

和风诗十九首·和风饮露

三月清明茶早收，
春烟袅袅煮茗楼。
好风从不朝天子，
只恋闲人小诸侯。

二〇〇五年十一月一日下午
2：00—晚上 10：00　江南居

　　风有春风、秋风、西风之分，风还有贵贱之别，吹向红楼的风称玉风，吹给茅庐的风叫素风，而和风不然，不择贵贱，随意而至，有把旧蒲扇就可以住一个夏天。和风虽单瘦，但气质清朗，无娇媚之气，不慕权贵，不朝天子，爱近闲者，因闲人也是和风。

　　诗的深浅最好像一片叶漂在水面。

二〇一八年十月二十日上午 9：21
江南居

访碧岩泉

傍晚携君入浅林，
湖风隔岸送泉音。
月来割断碧岩水，
提遍江南处处闻。

二〇一二年六月十六日晚上 11：18
石门罗坪银杏客栈

　　夹山一口野泉，惹出唐朝善会和尚悟出一句禅境"茶禅一味"，又惹动宋朝圆悟和尚弄出了一本禅门宗书《碧岩录》；汩汩的泉声还从海浪上跑过去，在大和岛上敲开了日本茶道。这一切似乎都不是人所为。今天，能把这口冷泉割断者，唯头顶明月；能把这眼冷泉提遍江南者，唯头顶明月。访碧岩泉，要先拜月，再拜泉。

　　诗与泉不同，诗情是割不断的，也提不动，只能让心去裁剪。

二〇一八年十月二十一日上午 8∶18
江南居

127

西湖踏晚

暮色轻笼碧水前，

霞光影动鸟声鲜。

无心吟到东坡语，

湖抱月明飞上天。

二〇一二年六月十六日晚上 11：25
石门罗坪银杏客栈

128

　　凡人吟西湖，都离不开一团水，忘不了苏东坡。上杭州公干，夜客湖畔，黄昏踏晚苏堤，湖光山色把心中堵得满满的，虽有诗兴，一时又掏不出来，只好"江南好……"，一路随意吟过去，吟到"欲把西湖比西子"，音一落，湖月飞天，钱塘空明，见到什么？想说什么？无须言，留一声南屏晚钟飞过湖面……

　　诗面对写尽写绝的事物，用禅意可新开一境。

　　　　　　　二〇一八年十月二十一日上午 8：47
　　　　　　　　　　　　　　　　　　　江南居

太平山中

车盘苍岭鸟盘峰，
云淡晴空水淡风。
天用黄金铸秋日，
霞光一吐万山红。

二〇一二年十一月十一日上午 10∶55
江南居

　　"天用黄金铸秋日"，可看作这首诗的诗眼。深秋入太平山中，山静，林空，云远，一轮秋日刚被雨洗过，不浊、不花、不薄，圆圆地搁在群山之上。春日偏红，秋阳偏黄，金灿灿，似铜钲。秋阳得天厚爱，用黄金铸成，一束光芒一束秋山。秋天踏金，胜过春日踏青。

　　天用黄金铸秋日，诗人当用天真铸诗意。

二〇一八年十月二十一日上午 10：36
江南居

春意蒙泉湖

水在青山云在舟，

翠峰轻落碧波头。

玉湖端起当吾眼，

举目看轻五大洲。

二〇一三年三月十九日晚上 8：10

江南居

　　早在2000年3月，为首届蒙泉湖杜鹃花会主会场写了两句话"天遣蒙泉落千峰，地放杜鹃燃一湖"，虽不合律，姑且做联看，至今凡知蒙泉湖者，皆能背诵。后又多次去蒙泉湖，但没留下更多的笔墨，只是在写这首诗时突发了一个奇想——端起蒙泉湖当我的眼睛，来看轻这个轻浮的世界。山中一团野水，其清亮，其深邃，其透彻，不知胜过山外多少丽水。天下一只眼——蒙泉湖。

　　诗有诗画诗和天才诗，能发奇想的诗可称天才诗。

二〇一八年十月二十二日上午9：49
江南居

春游桃花山

看尽巴山处处同，
无心踏入艳风中。
今朝一染桃花面，
明日翻江水亦红。

二〇一四年三月二十九日上午
桃花山

　　古人出门"细雨骑驴入剑门"，都是孤驴、孤舟、孤人，故容易与天地交融。春日常去桃花山，"人面桃花相映红"的诗意已不足论，诗人担心的是，今日被山中桃花渲染，明日去弄潮翻江，一江碧波会被诗人染得嫣红。是怨桃花，还是乐桃花？满山桃花笑春风，不理人。

　　诗把想象翻出来，有时是让读者去想象诗人的。

二〇一八年十月二十二日上午 10：19
江南居

观国山古道寻幽

石阶宛转入香樟，
绿叶轻盈引路忙。
莫把春风挑逗醒，
鸟声十万嫁何方？

二〇一四年五月四日下午 5：30
石门文促会

　　三五人上观国山，穿越一片乱林，脚下是青石板路，沿途绿树摇影，山风拂衣。在城里关久了，这才叫真正的复员，复员到大自然的怀抱中。在幽静山林中行走，说话不敢大声，犹恐惊醒溪头的风和枝头的鸟，让人和不了，答不赢。一声黄雀可嫁一座空谷，十万只黄雀齐鸣将嫁何方？不敢惹你——观国山。

　　鸟声多了乱林，情感多了乱心，诗意多了乱诗。

二〇一八年十月二十二日上午 11：33

江南居

早春远望

走出小巷步西岗，

澧水齐眉谁短长。

遥看东风挥笔处，

何人泼墨画潇湘。

二〇一四年五月五日上午 10∶20
石门文促会

　　"不到潇湘岂有诗"，潇湘与西子湖一样，几乎成了美的象征，引若干诗人、画家去吟她、画她，"潇湘"一词成了秋波，只要眼睛碰上就会生出柔情。早春去郊外，远处是软岗，近处是山塘，身边是樱花，自董源画潇湘图后，有谁还能为潇湘泼墨？唯有岁岁东风。去年市政协刊物想报道我，编辑无意看到这首诗，认为"何人泼墨画潇湘"这句好，可做题目，看来都希望有人再画潇湘。诗不老，潇湘自有人吟。

　　诗吟出来的画和画吟出来的诗是一样的。

二〇一八年十月二十二日下午5：06
江南居

蒙泉湖

云抱春阳水抱幽，
杜鹃花影落轻舟。
此湖移不他乡去，
锁在千山碧玉头。

二〇一四年五月二十七日早上 7：40
江南居

　　蒙泉湖不大，水面如西湖，但风光却迥异，春有半湖杜鹃，秋有半湖红橘，四季一湖白云托起三面红岩，半野半秀，如村姑。尽管游客们看多了湖，但只要目光与蒙泉湖碰上一眼，一湖波光就会永远嵌入心中。宋代书法家黄庭坚途经石门南乡，见山边有泉涌出，即兴写下了"蒙泉"二字。千百年后，这眼泉积成了眼前这片波光粼粼的湖，可见蒙泉是一眼得了道的泉。此湖是移不到他乡去的，深锁在湖中的千峰之巅，紧锁在黄庭坚的笔头。

　　凡写山水的诗，理才是山水。

二〇一八年十月二十三日上午 10：00
江南居

六一游济南大明湖

大明湖畔步匆匆，
身入飞舟碧浪中。
杨柳风前齐舞手，
争拉乱跑小顽童。

二〇一四年六月一日下午
大明湖

142

　　许多好水都被城市糟蹋了，大明湖也躲不过，被高楼、商铺包裹着，像死鱼的眼睛，不如站在湖边，闭着双目朝着天背一遍清人刘凤诰写大明湖的联"四面荷花三面柳，一城山色半城湖"，把昔日的大明湖在心中过一遍。这天唯一可感的，是全城的儿童都放了出来，涌到湖边发疯地乱跑乱窜，爷爷奶奶们跟在后面伸着双手拼命地追。忽然，一阵风吹来，满湖垂柳一起翻动，纷纷伸出绿色的手臂，仿若要去搀扶快跌倒的孩子们，让人看到了一个满湖童音、满湖风声、满湖飞柳的大明湖，感知了大明湖的父母之心。大明湖有此一景，还可叫"明湖"。

　　诗要有童心，诗人长不大最好。

二〇一八年十月二十三日上午 10：42
江南居

登白云山之二

进壑不识盘绕路，
林深复亮复幽阴。
一心随伴白云上，
做个青天探路人。

二〇一四年七月二十八日上午 10：25
江南居

144

　　此诗镌刻在中国白云山茶文化公园天香白云吟诗墙。白云山是需要常去登的，她头上有云，脚底有湖，腰间有茶，夜有磬钹之声，动、静、色、香俱全，但可品的还是茶。为此，我为其策划了中国白云山茶文化公园，创意了"天香白云吟"诗墙，还在牌楼上题写了"此山茶香"，等等，都没离开茶字。在"天香白云吟"诗墙上有我一组咏白云山的绝句，其中四首似乎还有点新意。白云山高出云端，古人信守"登高必自卑"，我则不安于此，未登顶心已凌虚而去，想做个青天探路人。我为青天探出了一条什么路，白云能知否？湖南省老干诗词协会会长彭崇谷登白云山读到这首诗，称此诗有奇思。白云未解，彭公已先知。

　　诗人是站在方外看人间的，站在人间看人间的不是诗人。

二〇一八年十月二十三日上午 12：05
江南居

登白云山之三

因寻清气登重岭，
一步巉岩一步云。
身在日边云是路，
茶香杖我到天心。

二〇一四年七月二十八日上午 11：18
江南居

　　此诗镌刻在中国白云山茶文化公园天香白云吟诗墙，发表在《中华诗词》2017年第7期上。为建白云山天香白云吟诗墙，我翻古今茶诗，发现能叫人眼前一亮的茶诗很少，唯东坡"从来佳茗似佳人"一句压了轴。春夏之交上白云山，茶园伴人扶摇直上，芬香形影不离，古人六十杖于乡，今茶香杖我，胜过龙头拐杖。有茶香之杖，人和心可步天。

　　诗的想象要出人意料，诗人自己首先要出人意料。

二〇一八年十月二十七日上午9：44

江南居

登白云山之八

忽忽急雨敲松岭，
云起云飞夏日轻。
雾乃山中一碗水，
端出绝顶品光明。

二〇一四年七月三十一日上午 11：05
江南居

148

　　此诗镌刻在中国白云山茶文化公园天香白云吟诗墙。雨后山多宿雾，或散，或聚；如纱，如翼；阳光洒在上面，有如波光。山顶有茶园，雾裹着茶香，如水泡一碗香茗，芬芳四溢。把这碗茶端向云端，品出的是一片灿灿的阳光。光明是太阳的子女，这碗水须光明之人方能品尝到。白云山有此水，光明之人何在？

　　诗的创意不只来源于生活，更多地是来源于思想的深井。

二〇一八年十月二十七日下午 4：50

江南居

北溪河冬吟三首之一

莫疑幽谷静无人，
一路涛声穿晚林。
随意裁得溪半段，
提回闹市是天音。

二〇一五年一月九日上午 10：13
江南居

北溪河是壶瓶山麓的一个原始村落。隆冬，我去村里考察，十里溪声不绝，沿路绿色蹦蹦跳跳，如春活泼，不由感叹："我被污染了几十年，一下午在这里被洗得干干净净。"一时忘了本性。有好景古人是不独享的，见到好花也要折一枝，寄与陇头人。今天，也想裁一段北溪，提回闹市去，让山外人知道什么是当今世上真正的奇货。天赠瑰宝于人，而人忘了享受，不是人不知，而是人太牢记自己了。

诗中一个关键字，可以让一首诗活一千年。

二〇一八年十月二十八日上午 10：42
江南居

北溪河冬吟三首之二

一弯山路傍急流，
渐入幽峡百里秋。
犹恐云深归不去，
回头落日锁天沟。

二〇一五年一月十日傍晚 6：38
江南居

李白写"却顾所来径，苍苍横翠微"，描摹的是暮下终南山回望的情景，是愈下愈豁然的感觉。黄昏在一条狭窄的深沟里行走，则感觉大不同，会让人觉得愈钻愈深，山渐合，林渐暗，雾渐浓，鸟声渐紧，蓦然回首，幽谷慢慢闭合，身后晚日，如铜锁高挂……此时，是归不去亦乐，归得去亦乐，北溪河千年才锁我一回。

诗不是科研论文，其意是不要结语的。

二〇一八年十月二十八日上午 11：10
江南居

送友人入山扶贫

二月扶贫入岭深，
如逢野渡莫惊魂。
君心若是轻于水，
山里白云可渡君。

二〇一五年四月十九日晚上 9：26
江南居

　　不少人读了这首诗，都从中品出了"廉"味，有的还摘录了其中的"君心若是轻于水，山里白云可渡君"，挂在壁上。中国人都会背诵"不要人夸颜色好，只留清气满乾坤"，有一种清风意识和清风愿望。读此诗，世人可否悟出，人若能修炼成水，白云就可修炼成舟。人能为，天也助。

　　诗的抒情有时是不要立足点的，可以凭虚凌空。

二〇一八年十月二十八日下午 4：27
江南居

客宜沙古渡

莫叹深山余古渡，
此身愿作小舟横。
街头灯影听江雨，
风动芭蕉代桨声。

二〇一五年四月二十一日晚上 9 : 52
江南居

古渡船已经多年不见了，但古渡头还在，老街还在，停在人们心头的桨声还咿咿呀呀地碰撞着。入夜，依稀的是街灯、江雨、滩声。有缠绵在，灯影正听春雨；有情怀在，芭蕉正代桨声。时宜新，情宜旧；情不变，物不变。江山躲在情后面。

诗有时比画更美，是因为诗的色彩有时是用旧情涂抹的。

二〇一八年十月二十八日下午 5：15
江南居

夜宿北溪河

静到极时醒亦眠，

寒星三点照空山。

忽觉夜半床头冷，

月捧滩声搁枕边。

二〇一五年五月十一日晚上 11：33
江南居

"忽觉夜半床头冷，月捧滩声搁枕边。"此诗一上网，网友们都说，此诗想象独特。我老家街后有条渫水河，夜深最好听的是滩声，凡易动情之人，多是喜欢听这滩声的。而北溪河的滩声很特别，夜半，月捧着滩声搁在枕边，客人被滩声冻醒……这一幻觉把山之空，星之寒，月之殷，溪之凉，全托了出来，让人从梦中触摸到了一条滩声淙淙、不即不离的北溪河。

王顾左右而言他，诗当效之。

二○一八年十一月一日上午9:04
江南居

诗画北溪河

三千流水勾幽谷，
十里白云染柳篁。
此画已无添墨处，
只须晚日盖闲章。

二〇一五年十二月十九日下午 4：25
北溪河

160

　　去年湖南、广东两省在羊城举办"湘鄂颂·石门风"诗书画影作品展，广东省老干诗书画影协会会长余定军特意书写了我两首诗参展，其中就有这首《诗画北溪河》，广东卫视为此在现场还采访了余会长。北溪河就是幅水墨画，流溪、沙洲、柳林、竹篁尽入画中，皆自然造化，无可补笔，天见少一枚闲章，用晚日沾上红泥，从霞光中戳下来，钤在北溪河群峰一角，使北溪河这幅画尽善尽美。天自创作，何须人多事。

　　书画用闲章压角，诗用妙思压角。

二〇一八年十一月一日上午 11：33
江南居

161

作客南北镇遇雪·登南北峰

一夜千峰雕玉颜，
素身轻步到君前。
跟踪岭外云鲜亮，
雪最光明帅九天。

二〇一六年一月二十六日晚上 11：43
南北镇湘鄂缘大酒店

　　腊月末应邀去湘鄂交界的南北镇出席乡镇文化活动，车要盘绕一千多米的高峰。行到半山腰，路上有了薄雪，雪漫漫铺展开来，山林尽裹进雪中。时近黄昏，山愈高，雪愈亮，仿佛我们不是在赶路，而是在追踪雪，追踪光明。在这岁寒绝顶之上，只有雪是最光明的，能率领头上的天，不堕向黑暗。能"帅"光明者，唯有太阳和雪。湘北高山的光明之雪，比燕山大如席的雪如何？

　　站在诗歌顶峰的不是风光，而是诗人的目光。

二〇一八年十一月一日下午 4：29
江南居

雪中吟五首·岁暮逢雪

昨夜琼花漫叩门，

故人岁暮送缤纷。

一年只见君一面，

四季不融白雪心。

二〇一八年一月二十八日上午 8：14

江南居

　　平生喜雪，若遇"晚来天欲雪"，则会坐在檐下等候雪。年暮逢雪，喜不自胜，一口气吟了五首雪。岁寒落雪本是天象，而好雪者却视之稀客，看琼花乱舞，心也舞之。年初与雪揖别，年末又与雪重逢，"一年只见君一面"，相遇若故人，是互抆热泪，还是相拥红炉？均不是，唯想雪知晓，自君去后，经四季更替，只有心中白雪之心未融化。雪惊问原故？我告之曰：心静似永冬，我是雪，故不融化耳。

　　诗言志，借万物以代言。

二〇一八年十一月二日上午 10：13

江南居

雪中吟五首·昆仑望雪

最是天山日落迟，
花飞花落问谁知？
一叠飞雪千张纸，
腹有苍茫可题诗。

二〇一八年一月二十八日上午 10：10
江南居

此诗发表在《中华诗词》2018年第12期上。古人诗中常出现昆仑，其实没有几人去过昆仑。站在昆仑山看雪，与江南看雪不同。江南的雪似女子卧地，白而酥软，是一幅沈周的藏雪图；而昆仑的雪如银蛇横空，冰而凛冽，若毛泽东的《沁园春》。人说苍莽可生逸兴，我看未必，泛长江未必胸涌，登泰山不一定心高，腹中浩然万物浩然，吐出来才会是一片苍茫。

读诗先读诗人，读懂了诗人诗意独出。

二〇一八年十一月二日上午 10：46
江南居

雪中吟五首·十九峰煮茗烹雪

火煮南山小树林，
半杯淡水暖黄昏。
残茶不忍阶前洒，
尤恐灼伤雪美人。

二〇一八年一月二十八日上午 11：04
江南居

　　这是一首写雪中小情调的诗。十九峰上大雪涵林，冷雪藏鸟，周围是翠亭、红炉、青盏，三五男女，组成了一幅仿若中世纪的林间雪地煮茗图，所不同的是"残茶不忍阶前洒，尤恐灼伤雪美人"的一群现代饮茶人。此情此景，不知古闲人有无？一杯残茶没有泼出去，却从网上泼来了无数个羡慕"雪美人"的人。

　　诗无大小情调之分，能传播的都是大情调。

二〇一八年十一月二日上午 11：20
江南居

169

雪中吟五首·清晨踏雪

几度江边守暮云，

梦中琼玉乱纷纷。

清晨踏雪趁人少，

回看平生哪步深。

二〇一八年一月二十八日上午 12：01
江南居

　　此诗发表在《中华诗词》2018年第12期上。闻竹知雪深，今天恐怕难找这种心感了。但门外车声稀疏，已知夜里雪封路了，不等鸟啼，就会悄声溜出门，沿河堤去踏雪。清晨踏雪有三乐：一乐天如雪静；二乐地皆雪白；三乐人走雪鸣。而最惬意的是独往独来，难逢行人，可不时回头欣赏身后的雪痕。岑参在天山送武判官归京"山回路转不见君，雪上空留马行处"，友人走了，守望的也是雪地上马留下的足迹。人生去了一半，清晨踏雪，回首足痕，是深？是浅？雪知！我知！

　　作诗要有雪的意识，让人读一遍能在心上留下痕迹。

二〇一八年十一月二日下午4：24
江南居

雪中吟五首·秦岭遇雪

北望西安风正鸣，
苍山万里鼓长亭。
掌心一片燕山雪，
赠予江南可觉轻？

二〇一八年一月二十八日上午 12：29
江南居

172

　　此诗发表在《中华诗词》
2018年第12期上。从西安城出
来，站在秦岭上，北风肃肃，
苍山如潮，长亭依然，万古空
旷中，一片雪轻轻落入掌心，
托起细看，是昆仑雪还是燕山
雪？是秦汉雪还是唐宋雪？虽
有问，天难答。远望关外，应
是冻雷初动，暮云低垂。此
时，把这片雪赠与江淮，江南
可知轻重？雪中有情情难诉，
眼前江山独自知。

　　诗不是用来回答问题的，
是勾出问题来回答上帝的。

二〇一八年十一月二日下午 5：24
江南居

山居

一跃群峰耳目新，

纵观今古两朝人。

唯思头顶天成长，

从此化斋岭上云。

二〇一八年六月二十日上午 8：37
江南居

人被现代文明渲染得累了，偶尔去深山住上一两晚，由于心不闲，总觉得少了古君子倚松抚琴、听泉煮茗、踏云寻幽的兴致，唯有的是可以站在高处，俯仰上下，纵观今古，一揽头顶上的星空。站久了，就生出奇想，愿居山中，扮个行僧，化四海云，以斋头顶上的长天……有此山中一日，世上方可千年。

诗有时创造的不是理想，而是超脱在理想之上的一种情志。

二〇一八年十一月三日上午 9：53
江南居

上武当山

日上林峰放眼开，
心思暂寄楚王台。
鸟声支起天边寺，
带发白云修道来。

二〇一八年六月二十一日早上 7：52
江南居

　　国人要不去钻市井，要不去爬山，爬山是为了活出味来。登武当山与登泰山不同，登泰山品出来的是一个"宗"字，登武当山品出来的是一个"道"字。武当山路曲折，初夏的鸟声清亮高亢，支起空谷，一蓬鸟声就是一座寺观，此观没有信众，无磬钹之声，群峰开处，白云披发飘然而至。来者何？此武当山修道之人。山中白云尚知修道，我辈岂能只恋红尘哉！

　　诗心即佛心，诗可传教。

二〇一八年十一月三日上午 11：36
江南居

夏饮衡山

品茗云顶坐苍穹，
风不吹衣水不鸣。
心静任凭天落日，
余杯还饮二十峰。

草木之间

树遮东岭耸青云，

晓杖清风夜杖辰。

空有人间呼万岁，

何如银杏一山民。

二〇一二年六月十七日上午 9：17
石门罗坪至南北镇途中

　　罗坪长梯隘有棵生长了1500年的银杏树，大约是我国南北朝时期的臣民。它绿了一千年，黄了一千年，被雷电偷袭了一千年，至今青春依然。它像一个普通的山民，没有尊号，却拥有了真正的万岁，是世上最长寿的帝王。从来富贵并行，富可添贵，贵能生富，唯独不添寿，因为，尊贵者易折，贫贱者易寿。拜一下千年银杏，要银杏树告诉你生命的天机。

　　诗就是天机，须善悟之人才能破解其中诗意的密码。

二〇一八年十一月三日下午 3：46
江南居

咏兰有思

常追屈子采春兰，
捧转幽香当月观。
清气若能成碧水，
从今天下使廉船。

二〇一三年三月四日上午9：28
石门文促会

182

诗点到桃花就有人想到女人，诗写到兰草就有人想到君子，这是花草的贡献，万物类人。澧水多兰，两千多年前屈原就吟过"沅有芷兮澧有兰"。早春二月，进山采兰，捧回幽香，如月融融，久视之，仿佛疏影中有一股清流涌出，只是不知廉船泊在何方？

诗人须有草木的品质，才能读懂草木的天性。

二〇一八年十一月三日下午4:46
江南居

洛甫赏兰之二

雨过松山晓日鲜，
兰香缥缈似婵娟。
微风轻搂细腰舞，
直到春风谢幕前。

二〇一四年四月十二日下午 7：35
长沙至石门火车上

　　洛甫是市郊的一抹浅山，近年因有人种兰而小有兰名。早春，与朋友去洛甫赏兰，至山麓，半里外已得兰香，软软醉人。突然觉得这山中兰香雅气得仿若楚国的细腰女子，只微风可拥抱起舞。世事都有谢幕时，兰花亦然，至四五月随春风谢幕而去。所不同的是，花远去，香不散。

　　诗的余味不只在文字之外，更在读诗人得与不得之中。

二〇一八年十一月四日上午 9：38
江南居

洛甫赏兰之三

满壑樱花不动心，
兰香无色暗消魂。
山风拂面薄如纸，
沾取幽芳代墨痕。

二〇一四年四月十二日下午 7：40
长沙至石门火车上

2018年在春澧县举行的"第3期·天夫汇·首届澧州澧有兰文化节"活动上，著名书法家陈曦明在现场用大草书写了这首诗，回长沙后又特意把这首诗用一整张六尺宣重书了一遍寄给我，可见他喜爱这首兰诗。读此诗，可见山风铺纸，兰香代墨，世间有此墨宝吗？洛甫之兰，乃澧水之兰；澧水之兰，乃屈子之兰；屈子之兰，乃诗中之兰。

诗意有如兰香，不经意中得之的才是诗味。

二〇一八年十一月四日上午 10：14
江南居

深山采兰人

折枝鸟语看花信，
溪畔掘得半篓春。
满谷幽香移不走，
清风才是采兰人。

二〇一九年三月十七日上午 8：27
橘香东路河堤散步

188

正月一过，春兰就开始吐瓣，香也飘逸起来，进山采兰的人也随之多了，大家累了一天，回到城里就聚在一堆攀比兰香。孔子说"兰有王者之香"，这话只表明兰香的尊贵，倒是宋代周敦颐形容莲"香远益清"这句话最适合兰香的特点。欲得兰香，不仅要有远近距离，更要有物我距离，尘外之物须尘外之心方能得之。兰之尊贵可见一斑。江上的月光，头上的清气都是采不回去的，兰香亦然，只有清风可采得。我非清风，聊借小诗亲近一下兰香。

诗人要善于在诗与读者之间创造距离，使之易读而不易得。

二〇一九年四月四日上午 8∶09
江南居

灵泉禅院后山夏饮之一（二首选一）

老林深处品茶香，
一坐千年对古樟。
误把鸟声当水饮，
新诗满腹已着凉。

二〇一四年五月三日上午 10∶03
江南居

　　初夏去古寺丛林深处饮茶，坐在林下出现了两种"仿佛"：面对古樟，仿佛静坐了千年；闻空山鸟语，仿佛畅饮了佳茗。是何方的鸟声，打湿了诗人腹中的诗稿？一季夏日，得杯薄水；一杯薄水，交一首小诗。

　　写格律诗要学会背朝着古人。

二〇一八年十一月四日下午 4：15
江南居

北溪梅

忽遇黄花入雾深，
远听鸟语静香魂。
漫随早雀寻梅树，
筑个心巢在雪林。

二〇一五年十二月二十六日晚上
8：17　江南居

俗话说："人非草木，孰能无情？"这是贬低草木，应该叫"草木非人，何来有情"。人有忧愁时，幸得草木相陪，知我何求。北溪河有很大一片野生黄梅，原本无人知晓，我无意发现后就叫它北溪梅。路过这片梅林，走不出她的芬芳。这年腊月的一天，踏浅雪，问鸟声，寻腊梅，心中无有他事，只想在梅树上筑个心巢。山有梅树，我有心巢，可否哺出个雪一样的洁净世界？

诗人身上应该有四个季节，草木才会亲近诗人。

二〇一八年十一月四日下午 5：01

江南居

潇湘红茶二章之二

茶山漫步入云林，
摘片清香认作春。
一盏红茶温两眼，
愿同此水恋凡尘。

二〇一六年七月六日上午 11：33
江南居

潇湘红茶据考历史最早的应是石门宜红，而咏红茶的诗却未曾读到过。弃凡尘、归禅静，本是过去士子们的情结，现代人越活越累，也骂起红尘来，大有遁入山林之势。这多是庸人自扰。红茶泡出来亮如琥珀，望之生暖，是红尘中的一只金瞳，相视良久就读懂了红尘。茶且不能弃之，红尘又怎能弃之。弃红尘者即弃自身也。

诗是走不出红尘的，红尘之外无诗。

二〇一八年十一月五日下午 3:40
江南居

夏饮衡山

品茗云顶坐苍穹，
风不吹衣水不鸣。
心静任凭天落日，
余杯还饮二十峰。

二〇一六年七月二十三日下午 5:57
江南居

在静室饮茶与在云中饮茶是不一样的。静室饮茶饮出"小我"，云中饮茶饮出"大我"。云中饮茶饮的是天高云淡，苍山如海，一杯淡水就是一杯江山。坐在衡山祝融峰，手中一杯清茶，心入广宇，任凭天地创意——风吹，云舒，日落。一壶浊酒，杜甫尚不忘乡邻"隔篱呼取尽余杯"，此时面前有百十座奇峰，几上半杯余茶，足可呼出衡岳尽余杯……

诗人唯有天地的襟怀，才能让诗的创意和天地的创意同步。

二〇一八年十一月五日下午 5:18
江南居

中秋夜独品茗

手扶落日数蝉音，
两眼含香入夜深。
搁碗清茶明月上，
有无似我品茗人？

二〇一六年九月二十八日上午 11：09
江南居

自从李白带了头，月下喝酒的人猛增，而月下饮茶的人似不多。中秋夜品茶，月清，茶朗，蝉声渐冷，两眼含香，其景，其情，是独饮之最。夜渐深，杯渐浅，身渐凉，渐觉孤寂袭来，推几而立，双眼朦胧，倾一碗清茶搁上明月，不知此时月下人可否都能看到这碗清茶？只好低回首，对月影，寻找此夜此时的品茗人。

诗忌直，忌晦涩，直则无味，涩则不知味。

二〇一八年十一月七日上午 8：25

江南居

初夏三过茶舍之一（三首选一）

苏杭踏遍复何往？
归去还亲小院竹。
无意再吟西子好，
窗前杯水半西湖。

二〇一八年六月十二日早上 7∶02
江南居

　　自从东坡写了"淡妆浓抹总相宜"，就再无人说西湖的不是。当我踏遍苏杭，看了不少眉眼的山粉黛的水，回到故里，还是觉得山野间的崇石乱流更有味些，在小城里随便拈一家茶舍坐坐，都会只知有茶，不知有苏杭，案头半盏绿茶，一眼可见湖底，可见湖岸，一片叶一扁舟，就是一片西湖。有佳茗在，不远游。品佳茗，心与水皆可无为，天下奇山异水在你面前也就无为不起来了。

　　好诗不全在于想象的丰富，更在于诗创造的意象是跨越了前人的。

二〇一八年十一月七日上午 9：09
江南居

201

杯水吟

黄昏无事抱壶时，
犹似月明攀柳枝。
久坐有辜江海水，
杯中全是女儿诗。

二〇一八年六月十九日傍晚6∶04
江南居

　　一杯酒、一碗茶被文人们写烂了，但只要这一杯一碗还在，就仍会有人写。茶是阴柔之物，常靠近它身上会淡去不少阳气，对阳气太旺的人来说，可以阴阳平衡。坐在帘下，不经意地抬头窗外，仿佛听到远处有海涛之声，一低眉，双眸回到杯底，杯中又尽是女儿诗。面对眼前一杯水，我是该补阳气呢，还是该滋阴呢？

　　看病希望医生一下能把准脉，读好诗则希望读者一下把不准脉。

二〇一八年十一月七日上午 9：33
江南居

过茶乡

三月青山无处藏，
山歌采进小姑筐。
新茶绿到明前雨，
好水泡出端午香。

二〇一八年六月二十三日下午 1：00
去北戴河途经商丘高铁上

石门是闻名的红茶、绿茶之乡，经过我和同仁们十多年的策划打造，这碗水已端遍九州，我也因此结下了茶缘，每逢下乡总忘不了去亲一下茶园、茶山。清明前后，采茶、揉茶、卖茶、闹茶成了城乡一道风景，我曾感叹，说茶乡比其他地方多一个节，就是"茶节"。"春茶绿到明前雨"，是茶先绿了雨，还是雨先绿了茶？只有茶山知道。泡一壶明前茶，第一位客人是端午，端午饮明前茶，是圣人饮天香。

诗也要随乡入俗，不然写出来就是一个"外乡人"，大家不认识。

二〇一八年十一月七日上午 11：11
江南居

煮茗送旧年

岁寒无事煮茶鲜，
一缕清烟接瓦檐。
轻叩紫杯观水沸，
渐浓渐淡在天边。

二〇一九年一月二十二日上午 9∶26
江南居即兴口占

　　去年岁末在江南居布置了一间茶室，用孙孙"雨宇"的名字命名，叫"雨宇天香"，意在告诉饮茶人，喝茶是最好的儿歌。临晚，一个人守住红炉，数瓦罐中茶汤翻滚的鱼眼，都忙年去了，少有人登门，我喜得清闲，学宋人赵师秀"闲敲棋子落灯花"，轻叩茶盏，眼望天边，日色渐淡，夜色渐浓；旧年渐淡，新年渐浓。正如这瓦罐红炉，暮冬也在煮茶。天地就是一片茶叶，但它既不是绿茶，也不是白茶，是一片红茶，要花一生的精力去煮沸，最好的火候是难得糊涂。

　　诗意有浓有淡，有时淡比浓好。

二〇一九年四月一日下午4:13
江南居

207

石门橘乡行二首之一

远望橘乡生紫气，
橙托朝日柚托云。
果红不似蛾眉眼，
橘是南国君子心。

二〇一八年九月九日上午 8：21
江南居

208

中国文学史上有一个现象，就是很少有人写橘，且无佳构。最早也是第一个写橘的是屈原，一首《橘颂》算代表作。石门以橘乡著称，柑橘盖红了大半个县，我又长年策划中国柑橘节，岂能不时时乐橘、颂橘。每逢十月群山熟透，橘色丹而圆，若满天星斗。柑橘不似桃红、柳绿，与蛾眉相去甚远，唯有敦厚可爱，红彩照人，似功德圆满之"心"，故赠橘一句"橘是南国君子心"。此句一出，万方回首，皆引颈而望湘北，拜我南国君子，交君子之心。

诗有形似神似还不是至境，还要创造出意想之似。

二〇一八年十一月七日上午 11：40
江南居

石门橘乡行二首之二

佳丽风光处处逢，
游山尤似入书丛。
橘乡切莫误翻过，
叶底深藏万点红。

二〇一八年九月十四日上午 8：17
江南居

210

　　平时写作常遇到一种情况，写某一事物，同时生出几个相类的好句子，逼自己一连写了几首同题诗。在这首诗里把游橘乡与读书联系到一起，叮嘱游人去橘乡莫要漫不经心，如风乱翻书，错过华章，万绿丛中深藏着一片星空，星星点点，灿灿烁烁。行千里路，读万卷书，别错过了读南国橘乡这部大书。读有字之书得道，读无字之书得道外之道，读橘乡之书得神农之道。

　　诗开头第一句是上帝给的，超凡脱俗的诗人就是上帝。

二〇一八年十一月七日上午 12：06
江南居

211

后　记

　　生活在现代的人按理应该专注现代文体的写作，但偏偏有时爱扭头往回看，喜欢写一些古代文体的文字，这不应看作是信而好古，除人的秉性外，其中一个重要的原因就是中华古代文学不仅具有永恒魅力，而且还具有极大的现实功能。我的一些经历也证明了这点。我平时写的一些散文、杂感、随笔、诗歌等，大家都还能认可，但只能传其意而不能传其句，唯有那些诗词、对联、辞赋中的一些好句子、好片段，常挂在一些人的嘴边，口口相传，不少句子还成了旅游、商品广告语。这是古典文学的魅力，句短、意长、顺口，具有经典性、传播性。

　　今天的人如若玩古典的诗词、对联、辞赋，最重要的一点就是莫要忘记自己是当代人。宋代回不到唐代，今天也回不到明清去。旧瓶装新酒这句话不全对，旧包装也是需要更新的，唐以后辞赋的写作就与楚辞、汉赋不同，形式要活泼得多，语言也清新些了。既然是当代人就要注意形式、内容、语言、情感都不要走回头路，去重复古人，不要死死抱住旧的形式不知变通，活人写死文章。个人主

张形式旧中有新，内容新中无旧，语言去陈务真，思想唯我独行。力求传播今天，经典明天。

我这三卷诗词、对联、辞赋，除辞赋不足一百篇外，诗词、对联两卷都是选集，各选了一百首，凑足一个整数。汇成三卷一并出版，姑且算平生一个小结。这三卷小册子有一个共同的特点，都不是专门式的写作，除部分诗词外，大多是因工作和社会活动带出来的作品，但绝不是我们平时说的应景之作。事出应景，而文不应景，像滕子京请范仲淹为岳阳楼撰文，是乐之其事的应景，是笔之其外的不应景。我自始坚守写作的文学性和经典性，把能否传播传承看作写作的原动力，不敢有一点马虎。

这套诗词、对联、辞赋三卷书，每卷各分成了四辑。诗词分成了怀抱之间、古今之间、山川之间、草木之间四个部分；对联分成了有梦春秋、有眼风光、有情互达、有灵万物四个部分；辞赋分成了瓦当阳光、青墙春草、勾栏绪风、檐前雨声四个部分。其实文难定界，每卷分成四辑都是勉强的，其用意主要是为了让版式活泼一点，读者大不必去对应。

这套书的诗词、对联、辞赋还有一个特点都是短文短句，三卷书没有一首长诗，全部是七言绝句；没有一副长联，只有少数的几副十一字联；没有一篇长文，最长的一篇赋也没过八百字。之所以这样，除我喜短厌长的禀性

外，也是文章应该追求的境界，再说时代也需要短文，文章与时代节奏要合拍。

这三卷诗词、对联、辞赋几乎都在报刊、新型媒体和各类活动中出现过。鉴于古典文学的形式和经典特点，其最佳传播形式不是看是否在媒体上发表过，而是在其群众性，作品是否留在人们的嘴边，像柳永的词一样"凡有井水处，皆能歌柳词"；是否能与当代的社会活动和经典文化结合在一起，成为物眼、景眼、社会之眼。因三卷作品都不是无病呻吟，皆形成有因，写作时无尊者奉，遵循的是为文之道，故这些作品都得到了广泛传播，在全国各地有近三十块巨型辞赋石碑，接受了时间的检验，得到了大众的喜爱；有百多副对联镌刻在全国的名山、名园、名楼上，不少成了旅游广告词；有几十首诗词镌刻在全国各地的诗墙上。这些引起了评论家的关注，认为是少见的一种现象。这不是个人的能耐，应该是古典文学的特点使然。所以，要传承古典文学必须首先是传播古典文学。

三卷中的一百首诗词、一百副对联都随文写了百余字的一段小文，叫"左诗右语""左联右语"，目的不是就此诗论此诗、就此联论此联的自我赏析，而是跳出此诗、此联外说的一些多余的话，同时，提出了一些个人为诗、为联的创作观，都是平时浅显的一些体会，以期与大家共同学习。

三卷中的诗词、对联除极个别用平水韵外，都是采用的新声韵，个人认为一代人有一代人的声音，押新声韵是时代和历史发展的要求。个别不合律的地方服从了词意。

　　时光和历史同大自然的江河一样本无过去、今天、未来之分，今天就是过去，过去还是今天。文学也是没有传统和非传统、古代和现代之分的，古典的是现代的经典，现代的是明天的古典，只是文学形式的不同。我一只手写现代文字，一只手写古代文字，同时出于一个大脑，因这个大脑是一个没有过去、今天、明天的世界。

二〇一九年一月二十二日上午9:00江南居

张天夫 著

天夫诗联赋

对联

图书在版编目（CIP）数据

天夫诗联赋．对联 ／ 张天夫著．－－ 北京 ： 中华书局，
2019.12
ISBN 978－7－101－14179－5

Ⅰ．天… Ⅱ．张… Ⅲ．对联－作品集－中国－当代
Ⅳ．①I217.2②I269.7

中国版本图书馆CIP数据核字(2019)第272812号

题　　签　张天夫

书　　名　天夫诗联赋·对联
著　　者　张天夫
特邀编辑　陈启辉
责任编辑　许旭虹
出版发行　中华书局
　　　　　（北京市丰台区太平桥西里38号 100073）
　　　　　http://www.zhbc.com.cn
　　　　　E-mail:zhbc@zhbc.com.cn
印　　刷　天津艺嘉印刷科技有限公司
版　　次　2019年12月北京第1版
　　　　　2019年12月北京第1次印刷
规　　格　开本787×1092毫米　1/16
　　　　　总印张41　总字数60千字
国际书号　ISBN 978-7-101-14179-5
总 定 价　200.00元

张天夫

作家

文化人、策划人

现居湖南常德

坐多一三直考

右舜自撰鄰考题
戊戌立冬江南一民
如人孫夫夫

我思乐愁
乐歌我来

目　录

有梦春秋

1

有眼风光

有情互达

有灵万物

5

张天夫

朗州司马楼

十年司马，遗只秋鹤云天外

几度刘郎，送面柳湖晴雨中

有梦春秋

夜雪

夜静孤心远；

天薄白雪深。

二〇〇九年十二月十九日下午2：00
璞谷陪袁总、李文平烘火时成对

此联镌刻在著名文化景区璞谷。白天世上的门是敞开的，而心多是关闭的；晚上世上的门是关闭的，而心多是敞开的。可见，心的翅膀是一个"静"字。现代人借金属的翅膀飞上了月球，却飞不出居室，这是现代社会的悲哀。冬夜，在璞谷烤柴火，朋友们相对无言，唯火独红，心跑出窗外，不知所向。忽大雪纷纷，天地茫茫，知雪渐深，天渐浅。我辈深浅，有谁知？只有把心借给了天地，天地才会加倍偿还你思想和智慧。

联不是两扇门，一副好联一边一根柱子可以支撑人一生。

二〇一八年十一月十三日上午9:14
江南居

自题

我思我想天增一智；

我乐我歌地长三春。

二〇一五年五月二日早上 7∶00
壶瓶山金泰宾馆

今天，能号准问题脉搏的人不少，能开出疗治问题处方的人不多；能把社会变成娱乐场的人不少，能为社会生产春天的人不多。用十六个字为自己描个相，且用这十六个字做自己的宿命，按这个模子翻砂人生，不知是否会走样？

只有心跳靠近思想的人才不会浪费语言。

二〇一八年十一月十三日上午9：32

江南居

香港回归

天下有心收碧海；

春秋无奈恨前朝。

一九九七年六月二十四日
石门县城金伦酒家

　　历史上无数遗恨，人们往往多归咎人事，其实不然。明崇祯帝朱由检曾力挽颓势，以图复兴而不能，大势也。鸦片战争后，国弱夷强，屈辱以自保，亦大势也。香港回归，举国扬眉，有几人想到这曾经的历史"无奈"，由此而生发的这无奈之大"恨"。一个只重历史事实而不重反思历史的民族，即使金瓯完整了，仍然是值得忧虑的。

　　对联不是历史，但它可以成为历史的一对浓眉。

二〇一八年十一月十三日上午 9：50
江南居

朗州司马楼

十年司马，遣只秋鹤云天外；

几度刘郎，送面柳湖晴雨中。

二〇一〇年六月十八日晚上 9：03
江南居

刘禹锡的"晴空一鹤排云上"、"东边日出西边雨"，大家都熟悉，但如何借用这两句的诗意咏朗州的湖光山色，且写出新意来，是需要经营的。上联一个"遣"字，刘司马无十年贬谪而不能有此秋兴；下联一个"送"字，刘朗州不几度折腾也不能有如此慷慨。朗州云天在秋鹤之中，朗州柳湖在晴雨之中。非朗州无十年司马，非十年司马无今日朗州。

联即诗，诗重吟，联重挂，能挂在人们嘴边的联才是好联。

二〇一八年十一月十三日上午10：31
江南居

大唐司马城之一

四海雨晴乎？千年回首问司马；

五湖秋日哉，一鹤冲天答古今。

二〇一七年五月三十日端午节早上 7：55
常德柳荷鑫苑

起首一句"千年回首问司马",问什么？问四海晴雨，司马不知。后一句"一鹤冲天答古今"，答什么？司马未答。不知所问，已知所问；不知所答，已知所答。问春秋，答世事，难不住古人，更难不住上苍，唯恐难住我们自己。联意皆在知而不答之中。

"公案"是禅的智慧，有的联也可作禅的公案看。

二〇一八年十一月十三日上午 10：53
江南居

大唐司马城之三

江山无数，唯朗州可称司马；

君子何多，只日月能叫刘郎。

二〇一七年六月四日晚上 11：29
江南居卧榻

　　写历史人物，有时不是站在他的肩上，站在肩上你看不清面孔；也不是站在他的对面，站在对面你仅能看清面孔；有时要站背后，如逆光照，见背景而得神韵。"唯朗州可称司马"，处处朗州都是刘禹锡的背影；"只日月能叫刘郎"，头上日光就是刘禹锡的投影。有此两句，刘司马足矣，再加一字会成赘言。

　　联写人物不能千言，但可以用数语抵得千言，这是借助之功。

二〇一八年十一月十三日上午 11：00
江南居

澳门回归二十周年感赋之三（三副选一）

海上多少事，哪片涛声温今古？

世间无数书，此团活水译春秋。

二〇一八年五月十八日上午 11：34
江南居

　　写历史不是为了"读"，而是为了"温"，最大的温故莫过于温往事。澳门和香港一样，都在一片水中，感怀二十年，自然难忘这片水，涛声依旧，海上多少事，告诉我哪片海潮能温今古？世人须谨记，只有历史常温，世事才能常新。人间万千著作，有几本可解惑天下眼前这团活水，能通晓古今？温习这团水，胜读万卷书。

　　历史是最伟大的教育家，好联是这位教育家的主题词。

二〇一八年十一月十三日上午 11：20
江南居

春联

门朝青岭招云海；

心在长天牧春雷。

一九九八年一月二十四日
石门荷花

　　据说五代后蜀皇帝孟昶在大门桃符板上题写的"新年纳余庆，嘉节号长春"，是我国最早的春联。千百年来，撰春联多离不了吉祥迎福的话，跳出来的不多，这副联想脱出窠臼。春天来了，面对青山招云海，此欲怀抱春天；闻雷鸣跃上长天放牧惊雷，此欲驾御春天。春即来，人大乐。人是天之春，春乃天之人，这有什么不同吗？

　　春联不仅是挂在大门上的，还应该挂在云海之间。

二〇一八年十一月十三日上午 11：38

江南居

题紫和居春联

远观旧岁皱纹浅；

喜卜新春瑞雪多。

二〇一一年二月一日庚寅十二月
二十九日下午5：07　江南居

　　旧岁如故友，一旦远去，总希望它青春不老"皱纹浅"。来年如何？学古人占卜，就用岁暮漫天飞雪卜一下，卜一个吉兆之年。用瑞雪占卜，此中华之大卜。大家若读到此联，得此大卜，新春则喜洋洋矣。

　　写春联，忌雷同。去雷同，远"春"字。

二〇一八年十一月十三日下午3：27
江南居

乙未春联之一（三副选一）

碧草千重叠玉宇；

人心十亿上春联。

二〇一五年二月十七日晚上 8：00
江南居

　　此联写于甲午岁末，发表后社会上普遍认为是当年一副不可多得的春联，认为既通俗，又非常喜气。尤其是"人心十亿上春联"，把每逢此时，中华写春联之盛，贴春联之喜，乐国家之福的盛况都跃然在这七个字之中，从一对红纸上感到了全国十几亿人心的跳动。看春联已知民心，知民心须读春联。华夏民风万种，以贴春联为最。

　　最简单的联莫过于一味直白的歌颂。

二〇一八年十一月十三日下午3：40
江南居

江南居春联

人面皆新景；

江山无旧年。

二〇一七年一月二十四日上午 11：09
上街吃酒途中

　　这是一副为自家写的春联，后来传到了千家万户，还被多家报刊选用，认为是当年少有的一副春联。春欲来，处处皆新景，新景如何？十三亿张脸即是十三亿新景。中华人面皆新，江山哪有旧年？年年送，年年新，忘了今夕何夕。

　　联是古老的形式，而联意不能古老，写春联是每年的第一个"节气"。

二〇一八年十一月十三日上午 4：04

江南居

戊戌春联之二（三副选一）

长天布景新飞雪；

大地开篇先读春。

二〇一八年一月十一日上午 8：12
江南居

　　岁暮大雪纷飞，在许多人眼中一年要谢幕了，而在作者眼中则不然，纷纷扬扬的雪是在为新春布景。大地又要开篇了，开篇第一章就是"读春"。天比人先启蒙，人比天先知春。自人间有了春联，上联送旧，下联迎新，两联如双目，不弃不离，看到冬去，看着春来。

　　联好比眼睛，眼睛要亮，心上要洞开一扇窗户。

二〇一八年十一月十三日下午 5：07
江南居

宜沙老街商铺之一（二副选一）

地生奇货皆能卖；

天赐善德不可商。

二〇一五年一月十三日上午 12：15
江南居

　　此联镌刻在著名景区壶瓶山宜沙老街牌楼上。虚假已成了社会的通用货币，天生万物，商品统治着世界，唯缺一件"奇货"——良心。如把天赐的善德当商品经营，人类就把一切都卖空买空了，最后余一个空货架，上面什么都没有，到时关闭的不是市场，而是人类社会。

　　对联的内核是格言，格言的形式可以是对联。

二〇一八年十一月十三日下午 5：23
江南居

石中惨案十七烈士亭之一（二副选一）

十七烈士，挥血写成千古史；

十九高峰，为君多树两丰碑。

二〇一四年六月九日上午9：20
石门文促会

　　石中惨案发生在1928年3月，有十七位革命同志惨遭国民党杀害，是国民党实行清乡造成的一起震惊全省的惨案。石中惨案纪念亭就耸立在县城澧水北岸，正面对澧水南岸的十九峰，十七位英烈与十九座高峰遥相呼应。十九座高峰如碑高耸，为十七位烈士还多树了两座碑。英烈感人，情动山川，足见乾坤深爱好人。

　　联论人论史不一定要论事，借外物纵情会更动人。

二〇一八年十一月十四日上午9：18
江南居

抗日名将郑洞国陵园（嵌名联）

洞乃小国，生蛟龙可也；

国即大洞，有苦难当之。

二〇一八年十二月二十六日上午9:22
江南居

郑洞国出生时，祖父梦见一条蛟龙从屋后山洞中涌进堂屋，故取名"洞国"。郑洞国黄浦军校毕业，后奔赴抗日前线，手刃烽火，横刀半壁江山。1943年任远征军司令，扬威海外。为中华一代抗日名将，是条真蛟龙。新中国成立后不久，毛泽东设家宴请郑洞国吃饭，见面握手时毛泽东对郑洞国幽默地说："洞国，洞国，好大的名字啊！"国有此洞，国之幸；洞有国相，地之威。

对联论人不一定要直面人物，用巧思能达意就可以了。

二〇一八年十二月二十六日上午9：22
江南居

挽幺舅黄友高

平常似水贵于水；

思念如风大过风。

二〇〇三年二月十六日
石门殡仪馆

032

　　写了不少挽联，没有一副是表达逝者生前是如何如何的，都是笔峰另开蹊径。幺舅是个普通人，平凡似水，故借水写人，借风写思，人贵于水，思大于风，其生前如何？不着一痕，而人、情、思尽出。故，幺舅仙去十多年了，亲朋好友说到幺舅还能背诵此联。

　　撰联用词若巧，胜万千大词。

二〇一八年十一月十四日上午 9：42
江南居

石门县委挽全国扶贫模范王新法

燕人重义，一腔碧血沃湘土；

楚地多情，满目红云载赤魂。

二〇一七年二月二十三日晚上 10∶07
接县委电话抱头疼急草　江南居

034

　　王新法是石家庄的一位退伍军人，来石门深山薛家村义务扶贫五年，不幸以身殉职，其事迹感动山河。噩耗传来，接县委电话为其写副挽联。抱头疼，飞热泪，一气呵成这副十一字联。二十二个字无法写尽逝者万千，只勾廓，只点睛，言到情到即止，托出一代扶贫英雄。全国媒体拥向薛家村采访，记者们说，此联胜过若干报道，有的干脆就用此联做文稿的标题。

　　联写大事件，笔要落在大事件之上，忌深入。

二〇一八年十一月十四日上午 9：57
江南居

挽金庸

七尺瘦躯，铸长剑，刺向蓝天深处；

一支孤笔，划小岛，驰出大海浅滩。

二〇一八年十月三十一日上午 9 : 22
江南居

　　我陪余光中先生，他当面对我说，他不喜欢大陆人叫他乡愁诗人，还说，我难道只写乡愁吗？金庸去世了，社会上的悼念文字也多是江湖、武宗一类的话，金庸若有知，也会不高兴的。我听过他讲学，他只字不言南拳北腿，主题是中国文明的起源与发展。此翁最大贡献是在中国近现代文学史上创造了一个新的文学流派，让香港这艘文化贫乏的小船没有搁浅，驰出了海滩。凡历史人物大多有外相和内相，外相是让世人看的，内相是让历史看的。

　　从来看事容易看人难，联家写人目光要高历史一眼。

二〇一八年十二月二十六日上午8：12
江南居

湖南省诗词现场会晚会联

挥毫赠我江山舞；

昂首还君吴楚吟。

二〇一六年十二月二十六日早上 6：33
江南居卧榻

　　这是一副庆典联。中华诗词学会在石门召开湖南省诗词现场会，晚会现场不能没有联。三湘诗词家们群聚澧水之滨，用何物互相馈赠呢？君来时赠湘北一曲江山舞，湘北岂能怠慢，还君一首楚国颂。君子相交淡如水，诗歌相交贵似金。

　　写庆典联情先登上舞台，要情大于庆典。

二○一八年十一月十四日上午 10：14
江南居

潮观沧海水；

文看洞庭波。

二〇一七年九月十九日早上 7：55
江南居偶占

　　湘粤两省诗词协会联手发起在广州举办"石门风·湘粤情"诗书画影作品展，即兴撰书了这副联为活动助兴。何处有大潮？唯有沧海水，此颂粤；何处文最盛？唯有洞庭波，此傲湘。不卑他人，不贱自己，一联系两地之大乐，两地吟一联而结谊。

　　联是挂在大门上的，而为联者的心要挂在门外。

二〇一八年十一月十四日上午 10：29
江南居

偶感

运来有赖人发力；

花放无须佛点头。

二〇一八年十一月二十五日上午 11∶43
橘香东路河堤散步

　　阴雨连绵了一个多月，太阳出来了去河边走走，虽还在隆冬，已觉得春气在向人逼过来。其实春是装在人心里的，人心启动，春也启动。河岸上的樱桃、紫薇瘦了一冬，见我走来都盯着我，想知道开花的消息，我一笑，人们叩头叩惯了，神不开口百事不为。神是不可求的，越求越不灵，神喜欢人可为者。想告之花，当开即开，无须看佛的脸色。

　　联中个人的偶感要能燃起他人的偶感，偶感才有广义性。

二〇一八年十二月二十六日上午 8：48
江南居

感怀

白云无帖，对天任意书狂草；

明月少书，乘夜凭空阅大潮。

二〇一九年四月十五日下午 5：00
江南居

　　人有时会无端生出一些感怀，或忧世，或悟事，或察人，人若无感怀，或许是心底被杂草缠绕。有些感怀是天地茫茫，悠悠我心，难说有什么主题，但有时似乎没有主题，却隐含着大主题。人制造了许多规矩，反过来又束缚着人，致使千百年不能突破，人的创造力被湮灭了不少。天也是有规矩的，但与人不同的是，它能通过四时轮换源源不断地提供新鲜的活力。书也不是万能的钥匙，不读不行，读多了也不行，它打不开一些人心上的暗门。人类要放下架子，多向头顶上学习。老子是哲学家，我追不上老子，只能望着天空发一点"感怀"。

　　对联内涵的深浅决定着对联品质的高低，没有内涵的对联挂不上时光的墙壁。

二〇一九年四月十五日晚上 8∶12
江南居

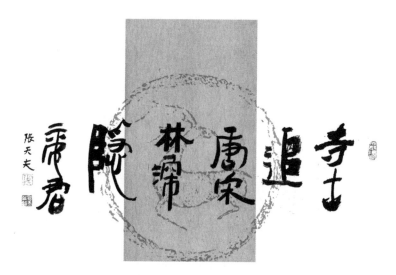

夹山灵泉禅院

寺古追唐宋

林深隐帝君

有眼风光

夹山灵泉禅院

寺古追唐宋；

林深隐帝君。

一九九三年十月二十八日
石门清泉

　　此联镌刻在著名景区夹山茶禅广场石牌楼上。这是我写得较早的一副联。原国务委员李铁映来夹山视察书写了此联，引出了一场李自成归宿问题的全国学术大讨论。在全国楹联书法大赛中，又有两位外地书法作者不约而同地写了这副联并同时获奖。一副联引出了不少故事，可见此联传播之广。上联一个"追"字引起了不少辞章家们的推敲之兴，下联一个"隐"字则引起了史学家们的争议之热。画龙点睛，此联可为夹山点睛。

　　再没有比联更凝炼的文学形式了，越是凝炼的东西越要不凝炼的神思。

二〇一八年十一月十四日上午 10：43
江南居

夹山碧岩山庄

无边秋气横西岭；

不尽涛声落大江。

一九九四年十月三日
石门清泉

此联镌刻在著名景区夹山碧岩山庄院门前。夹山碧岩山庄落成后，征集了百余副联，县长书法家周用金迟迟不动笔，当事人苦着脸找到我，我当着来人写好此联，他拿去送给周县长，周县长看后一拍桌，一笔挥成。此联不着墨世情，唯山川春秋是尊，唯气度襟怀是仰。后山庄衰落，有人开玩笑说，山庄承受不起这副联。山庄没有了，联还在传。

联的格调取决于人的格局，格局小了走不出胸前三步。

二〇一八年十一月十四日上午 10：59
江南居

石门文庙钟楼之一

钟敲明月沉江底；

楼举星空照晚秋。

一九九六年八月十八日晚上
石门清泉

此联镌刻在石门文庙。文庙大修竣工，受邀为钟楼撰联。联中涌动着月光、江风、星空、晚秋，都是美色，汇成了一幅月夜秋江图。月沉江底缘于钟声，星夜空旷缘于危楼。人但知泰山可登，而不知钟声也可登，钟声超越在云天之上，思绪攀钟声而上，可得广宇。

联状物不要被物所囿，联意要穿越时空。

二〇一八年十一月十四日上午 11∶08
江南居

石门文庙钟楼之二

登斯阁问世间有事无事；

听斯钟敲天下南潮北潮。

一九九六年八月二十日晚上
石门清泉

　　此联镌刻在石门文庙钟楼，已挂了22年之久。这副写钟楼的联，有一定的寓意。登钟楼，问当今风云有无？其意世界不太安宁。听钟声，敲四海波涛，其意古今难料。联中以"潮"偕音"朝"，不知当今天下何？以抒感时之情。孔子布道，方有此钟声，故文庙钟声乃儒者之音，国之正声。联欠合律，因见寓意较好，故留此"钟声"与君一闻。

　　曲意写事要让宛曲用词。

二〇一八年十一月十四日下午4：11

江南居

飞雪即兴

雪花轻落洞庭冷；

鸿雁高飞故国空。

一九九九年十二月十九日
石门澧水大桥

　　站在千里之外，却看到一片雪花轻飘飘落入洞庭湖中，八百里湖面骤然而冷，这是心在看。站在小城楼头，却听到一声雁鸣轻轻就衔走了楚国的天空，这是诗在看。隆冬，有此雪，有此雁，情怀在，触目皆是即兴。听雁鸣，雪知否？

　　联即景抒情，抒发的最好是言之不明的情怀。

二〇一八年十一月十四日下午 5：02
江南居

杨岭岗自来水厂之一（二副选一）

世界无疆河丈尽；

人生有骨水塑成。

二〇〇八年五月三十一日上午 11：00
江南居

　　此联镌刻在石门自来水厂花园中。从所写的对象中走出来，又不离开此物，新创造一种意象，这不是语言能做到的，要靠思维方式的智慧。写水厂首先想到的不是能饮用的水，而是能丈量世界的水，水跳出了水；人类这身骨架，何来？也是水铸成的，水神奇了水。自来水厂还是水吗？近水者说，水是世界和生命的起源。知水者说，水是上天写的一部哲学。

　　语言的智慧靠技巧，思维的智慧靠天性。

二〇一八年十一月十四日下午 5：22
江南居

中国石门橘乡

风呼吴楚酌花海；

手举橘乡照星空。

二〇〇九年五月九日上午 11：40
江南居

此联镌刻在中国橘乡秀坪观橘坛的橘颂亭上，是由市人大原副主任、书法家文承保书写的。走进橘乡有两大景观：三月花开，如雪铺地，香远群山；十月橘红，似霞泻地，果熟群山。今吴楚伴醉，似酌花海；橘山作秀，不让星空。百里橘乡何在？在青山、白云、斯联之间。

言达而逸兴不达难成佳联。

二〇一八年十一月十五日上午9：12
江南居

仙阳湖之一（四副选一）

波摇峰作柳；

水阔月划舟。

二〇〇九年五月二十一日上午 10：04
江南居

仙阳湖问世后，我曾叫她山中洞庭。仙阳湖身紧偎在山水前后，云雾上下，日月内外。风来，波光摇峰，如柳拂浪，疑是春归；夜来，山月划桨，天心坐舟，疑是幽人叩舷。洞庭八百，有其壮，无其悠，更无其飘逸。再添此一联，仙阳湖又多三寸碧波。

联的文字清淡点好，清淡容易透视出灵性。

二〇一八年十一月十五日上午9：34
江南居

热水溪温泉

泉自日边热起；

水从月里流来。

二〇〇九年六月十一日早上 7：05
江南居

　　此联镌刻在著名文化景区璞谷，是石门八大景观联之一。2009年10月一天晚上，常德市书协由胡安民主席带队，在璞谷举行"张天夫石门八大景观联书写活动"，书法家张鸽在现场书写了这副联。热水溪一眼温泉，暖了人间千百年，都认为它是从地下烧热后涌出来的。在此反其意，偏说它是被太阳烧热的，天不暖何来地暖？又说它是从月中涌出来的，月不化水谁能化水？写一口山中野泉，无需"正经"的话，话太正经了失之野趣。

　　联是不论文，无需求证。

二〇一八年十一月十五日上午 9：48
江南居

中国白云山茶文化公园牌楼（正面）

山播紫气生红日；

风带天香下白云。

二〇〇九年六月十二日早上 7：38
江南居

此联镌刻在著名景区中国白云山茶文化公园石牌楼上。十多年前就撰了这副联，后又策划了中国白云山茶文化公园，2018年冬公园建了牌楼，把这副联镌刻在牌楼上。联中"风带天香下白云"已广为传播，成了白云山的广告语。"风带天香"，非天不能；"下白云"，非人不能。白云山自信而傲然，读此句可得一二。

联的上下句如人的左右手，但左手应更有力些。

二〇一八年十一月十五日上午 10：00
江南居

中国白云山茶文化公园牌楼（背面）

山重则轻，万岭浮出天外；

云轻则重，千秋沉入云中。

二〇一八年七月十二日早上 7∶45
江南居

此联镌刻在著名景区中国白云山茶文化公园石牌楼上。白云山高千仞，多云，因故得名。曾写过多副与云相关的联，此联不状云，只述理。山重乎？为何半落青天外？云轻乎？为何千古沉在云中？谁轻谁重有谁知。地举山，以壮事；天布云，以虚事。虚实相生方日月不息。史无尽，理不穷，观白云可悟古今，知昨天、今天、明天……

对联以事胜理则轻薄，以理胜事则空泛。

二〇一八年十一月十七日下午 5：57
江南居

桃花源

晋少文章，惟得秦洞一篇好；

世多绝色，只美桃花满树红。

二○一○年六月二十五日晚上 9：40
江南居

　　欧阳修云"晋无文章，惟陶渊明《归去来兮辞》"，我却认为惟《桃花源》一篇为最，因前者写情致，后者写理想，理想让人类梦魂不断。春之桃花，自先生文章一出，桃花已非花了，成了人们想象中的一道色素，都想摘一朵桃花做自己的家园，扮一下古人。这些都是先生笔下修来的。只可惜先生笔下的桃花源被今天的后人愈修愈远了。

　　联站在大门两旁，要靠老百姓的嘴才能走下来。

二〇一八年十一月十五日上午 10：25
江南居

长梯隘银杏客栈

一夜山中客；

十年尘外人。

二〇一〇年七月二日下午 4：50
江南居

　　此联镌刻在著名景区长梯隘银杏客栈。长梯隘有蔸古银杏树，离树不远又盖了一栋全木结构的大客栈，我取名"银杏客栈"，同时又撰了这副联。此联十个字，极简，极白，凡来过长梯隘的游客都能背诵，民政部几位老部长来长梯隘看上了这副联，还托我为他们重书了好几遍，在国内流播极广。2016年8月30日，又被中共石门县委写进了第十二届党代会报告，作为全县旅游的广告语。十个字不难，难在轻口道来，平白如水，似浅不浅。人人心上若都挂上此联，人间可少十年红尘。

　　联忌雕琢，脱口而出最好。

二〇一八年十一月十五日上午 10：44
江南居

庐山观云亭之三（四副选一）

万里江山一点日；

十分天下五分云。

二〇一〇年七月十二日晚上 9：49
江南居

　　庐山香炉峰，对着天空轻轻一吐，即刻云飞云卷。经不住庐山诱惑，站在峰顶上也情不自禁轻轻一吐"十分天下五分云"，此联即被庐山景区看上，并书写给了庐山观云处。这种画面立在群山之上才会有，江山万里，余红日一点；万里江山，云山参半。既大，既广；有奇，有趣。在一连串数字面前，任何形容词都是多余的。

　　联要把每个字逸出字外才有诗意。

二〇一八年十一月十五日上午 11：02
江南居

洞庭湖

仲淹去后，洞庭有水忧天下；

明月归来，西楚放鸥添晚潮。

二〇一〇年十一月三十日下午 5：46
石门文促会

　　在神州五湖中，洞庭湖因范仲淹的一篇《岳阳楼记》而有别于其他的湖——成了文人湖。仲淹去后千余年，洞庭湖夜潮不息，望着星空期盼忧世之人；明月不忘过洞庭，停在一团素水之上，静静地看着故楚正在放飞一群如雪的沙鸥代替晚潮。湖还在，水正忧。

　　对联不是翻拍风景，而应该刊刻你自己的身影。

二〇一八年十一月十五日上午 11：13
江南居

夹山碧岩泉

宋唐诗后又一境；

佛祖眼中不二泉。

二〇一一年十月十五日上午 11：00
石门县委会议室

此联镌刻在著名景区夹山碧岩泉石牌楼上。约2012年，我策划第10届中国茶禅之春活动，主会场选在碧岩泉，并临时修了一个木牌楼，在上面题了"天下茶禅第一泉"，后被社会认可，现刻上了新建的石牌楼眉额。新领导上任后又托我为碧岩泉再添副主题联。在联中用了"又一境""不二泉"两个数字。写联用数字不巧，有味的是这"又一境"非一般之景，乃唐诗中没有的景；这"不二泉"也非平常之泉，乃是从佛祖眼中涌出的法泉。四海冠第一泉者众，有谁敢与"天下茶禅第一泉"争名分乎？

联的想象不仅要奇要免俗，而且要出格。

二〇一八年十一月十五日上午 11：23
江南居

常德太阳山太阳殿之二（二副选一）

桃花不远，云外青山接古道；

屈子长吟，殿前红日是风骚。

二〇一二年一月二日傍晚 7：08
江南居

　　此联镌刻在著名景区常德太阳山太阳殿门前。站在太阳山，向南望，不远处是红树青山、斜阳古道的桃花源，脚下山径，牵古道一端，不绝悠悠。向东眺，眼前是屈原流放行吟的洞庭湖，殿前红日，正是新的一篇风骚，屈原不远，正在身旁。登太阳山不悲秋，不恋古，因心就是太阳殿。

　　对联写眼前的景致，要善于从远处着墨。

二〇一八年十一月十五日上午 11：35
江南居

维新镇牌楼（嵌名联）

日月经天先渡水；

江山到此亦维新。

二〇一二年五月三日上午
去常德看房途中改定

　　这是一副语言、寓意都有趣味的嵌名联，即将镌刻在维新镇的石牌楼上。维新镇又名"渡水"，渡水河因丰腴闻名。镇名"维新"，与戊戌变法中的"维新"同名，且维新镇正赶上发展高潮，两者不同事而同道。地名、时代、历史事件交相辉映，很自然地带出了"日月经天"先须渡水，以显维新之重；社会要维新，"江山到此"也要维新，以彰维新之新。集论名、论史、论理于一联之中。

　　嵌名联只嵌名不过是弄巧，能顺理成章嵌进"理"方显珍贵。

二〇一八年十一月十五日下午4：07

江南居

千柳庄枕湖楼

垂钓三秋书忘尽；

枕湖一日梦皆无。

二〇一二年十二月十六日上午 8：50
江南居

千柳庄位于三江口湖边，是请我命名的一处景点，枕湖楼是其中的一栋宾馆，湖边常年多垂钓者。宿湖边一晚与罗坪"一夜山中客，十年尘外人"有别，前者是玩世，后者是脱尘。在湖边垂钓三日，不钓鱼而掉书，是子陵钓徒；在湖边宿一夜，不是梦多而是"梦皆无"，是高阳卧客。"梦皆无"是无梦还有梦？是有梦不知梦？枕湖楼是湖上楼，还是尘外楼？均不是，亦不知。

写什么像什么，那是工笔画；写什么不全像什么，那是写意画。联要像写意画。

二〇一八年十一月十五日下午4：32
江南居

白云山聚云楼之二（二副选一）

古今最近看明月；

世上至高卧白云。

二〇一四年七月五日早上 7：00
江南居

　　此联镌刻在著名茶园景区白云山聚云楼前。看到"聚云"二字，已知人在白云之中。聚云楼是2014年7月我为其命名的。来此聚云楼者无白丁，多要站在联前俯仰一番，留影者不少。这副联蕴含了两层含意：要知远古不难，身边明月便是，心即时空，眼无距离；至高不高，唯白云在上，天本无高低，心高就是高处。聚云楼，不光聚云。

　　人思想的高度用脚尖是踮不高的，须请哲学帮忙。

二〇一八年十一月十五日下午 5∶01
江南居

夹山祖庭禅茶院碧岩讲堂

明月井中汲碧水；

古今门外坐幽人。

二〇一四年七月八日上午 11∶00
石门文促会

088

　　此联镌刻在茶禅文化之源夹山祖庭禅茶院碧岩讲堂前。这副联有点像两幅寂静空旷带神话色彩的画，何人举长勺在挹月中的水，疑非水非茶；远古虚掩的大门外独坐着一个人，不知何来？不知何求？月中一瓮碧水，饮古今一个闲人，斜倚在碧岩讲堂前，正在有意无意地听我佛散播天籁之音。

　　语言只要超出逸想，三言两语就可把乾坤写尽。

二〇一八年十一月十五日下午5：23
江南居

夹山祖庭禅茶院

抱月归禅境；

衔花落祖庭。

二〇一四年十一月八日下午 3：16
江南居

　　此联镌刻在茶禅文化之源著名景区夹山祖庭禅茶院门前。夹山在唐代就萌生了"茶禅一味"的理念，夹山禅与夹山茶修成了同道，携手走到了今天。禅是什么？禅境又是什么？无人可答。抱月归禅境，月在前，禅在后，境在其中。夹山有偈语"鸟衔花落碧岩泉"，鸟衔的什么花？不知，只知落在一团山泉中，故，夹山有千古泉，也有千年茶。无论何人只要吟着联，抱着月，衔着花，就可一路寻到夹山。

　　禅是不能用文字表达的，有的联也是不能用语言诠释的。

二〇一八年十一月十五日下午 5 : 38
江南居

湖南屋脊山麓太白仙居

未登绝顶天先矮；

才近深山心已空。

二〇一四年九月十九日早上 7：40
壶瓶山镇政府食堂早餐即兴

　　此联镌刻在著名景区湖南屋脊山麓太白仙居门前。壶瓶山有两绝：一绝山高，称湖南屋脊；二绝山深，有华南最大的峡谷群。泰山前有块石碑上面写着"登高必自卑"，告知人登山要脚踏实地，务必从脚下始。而此联则告知人们，登高必心高，天畏心高者，心高则天降阶以迎君。若想心高必先心空，心虚方能凌虚。壶瓶山用万壑空山教尔心空，尔心与壶瓶山谁空欤？

　　对联的隔壁应该住的是哲学老人。

二〇一八年十一月十六日上午 8：21
石门至长沙动车上

磨市古镇

古镇半边即晚日；

千秋一尺是河街。

二〇一五年一月十三日
江南居

　　磨市镇是我的家乡，有一条江西人和土著人杂居的小街，商铺比肩，青石铺路，算盘声拨动晨昏，如渡头半轮晚照，老而不朽。千古悠长，逝者如斯，除街后溇水河外，谁可丈量？漫步小街，方知原来千秋长不过一尺。咏小街知以往，步小街知短长。

　　联的形式是挂给人看，联的作用是把世界挂出来。

二○一八年十一月十六日上午 10：28

石门至长沙动车上

宜沙老街东牌楼（正面）

街与夕阳老；

天追流水新。

二〇一五年一月二十二日早上 7：32
江南居

　　此联镌刻在著名景区壶瓶山宜沙老街新建的石牌楼上。国内现存的老街已经不多，宜沙老街静卧在溇水的源头，受骡马铃声的敲打，几百年才老一回，像夕阳的脸，老了还红光满面。而碧瓦上的天不肯老，学街后的溇水河奔跑着，喧嚣着，总想翻弄出一片新鲜来。古老的新鲜的从来都是共生的，谁也没战胜谁。老街之所以老，就是靠这对矛盾活着。

　　矛盾就是左右联，它能创造出永远的矛盾。

二〇一八年十一月十六日晚上 8：07
长沙至石门动车上

宜沙老街西牌楼之一（二副选一）

月横楚水两只眼；

街卧巴山一道眉。

二〇一五年一月二十四日凌晨
江南居卧榻

月临溴水，上下生辉，有如两只秀目，老街因之少了三百年老气。更添老街细长，不浓不淡，如村姑一对弯眉，扬起七分颜色。未进老街，已有三分静，五分俗，七分相识，忘却世上龙目、凤眼、柳叶眉……

联不能写得老气，老则朽。

二〇一八年十一月十六日晚上 8 : 43
长沙至石门动车上

太浮山主峰亭

明月弯曲成道水；

忠魂拱立耸太浮。

二〇一五年六月九日早上 7：13
江南居

　　此联镌刻在红色革命根据地太浮山主峰亭上。临澧县委书记杨琦明先生找到我，托我为太浮山主峰亭写副联，我想太浮山是湘北名山，1927年大革命时期南乡起义纪念地，又是东汉时浮丘子的弘道处，是道教、革命双修之地。山下有道水，道水蜿蜒，用明月弯曲而成，可见道水之神。山顶有孤峰，伟岸挺拔，是忠魂扶摇而高，足显太浮之圣。太浮占了神、圣二字，耸出云表，不愧谓之太浮。

　　把思想凝炼在联中的不是文字，而是上天借给你的大脑。

二〇一八年十一月十六日晚上 10：10
长沙至石门动车上

鄱阳湖观鹤亭

客为湖上闲云鹤；

鹤是云中散步人。

二〇一五年九月二十四日晚上 10：50
江南居

　　此联镌刻在鄱阳湖观鹤亭。自古写鹤的联不少，在这里把人、鹤反串，人、鹤互喻，这样浮想不知前人有否？待黄昏人闲、鹤静时，都会拥到湖边，互不干扰的各行其道，天无私见，不分谁是鹤？谁是人？天人一体，本无人、鹤之别，非天无主见啊！

　　联咏一物要丢一物，不能咏物是物。

二〇一八年十一月十七日上午8：51
江南居

鼎城老西门窨子屋

天高粘楚月；

屋小宿江南。

二〇一六年一月十日上午 8：18
橘香东路河堤劲走

此联镌刻在常德老西门窨子屋门前。老西门是市政府棚改形成的一处特色城市景点。新建的窨子屋，一围青砖高墙，像一只烟斗，燃烧着老常德的记忆，挑逗江南把一轮楚月粘贴在它的头上，将风月占尽；窨子屋四扇大门常开，潇湘过往，不会别居，就此一宿，尽是沅水梦，桃花歌。

对联不要追求高古，对联应该追求新奇。

二〇一八年十一月十七日上午9：28
江南居

夹山桃花山牌楼之一（三副选一）

山中多丽日；

花下尽红人。

二〇一六年三月五日上午 10：41
江南居

　　此联镌刻在著名景区夹山桃花山入口牌楼上。三月"山中多丽日"，这丽日是天上的桃花；"花下尽红人"，这红人是地上的桃花。到底是桃花映红了人呢，还是人照亮了桃花？不知，但心中明了，山里的桃红是无区别的，而世上的红人是有区别的。只愿踏花者，都是似花人。

　　联不在长短，而在情思不知长短。

二〇一八年十一月十七日上午 10：27
江南居

中国红茶坊牌楼（正面）

古道青天外；

茶香明月中。

二〇一六年七月十六日下午 2∶57
江南居

此联镌刻在著名景区中国红茶坊石牌楼上。登上中国红茶坊泰和阁，前面是一抹重叠的青山，茶马古道源于斯，蜿于前，达于天外，引人遐想。入夜，万壑朦胧，月辉茶香，淡而不分，只觉上下空明，此景可换洞庭波光。联平淡，意境平淡乎？

中国画最重要的颜料是水，平淡的语言就是水。

二〇一八年十一月十七日上午 10：46
江南居

中国红茶坊牌楼（背面）

千秋云作梦；

万古水留人。

二〇一六年九月十九日傍晚 7：16
江南居偶得

　　此联镌刻在著名景区中国红茶坊石牌楼上。为茶立言，只说"千秋云""万古水"，未着一滴茶。说云如梦，不过叹古今飘渺；水只顾远去，何曾留物，偏说水留人。留我？留你？留他？唯有水知道。能让水留下的人可称江河。未说茶，却论道，走题了吗？

　　联状景状物最不高明的是写什么像什么，那是一种语言浪费。

二〇一八年十一月十七日上午 11：07
江南居

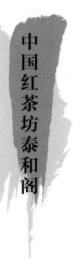

中国红茶坊泰和阁

壶瓶昂首山得势；

瀑布横空水冠名。

二〇一六年九月十七日下午 5∶26
常德柳荷鑫苑

　　此联镌刻在著名景区中国红茶坊泰和阁门前。壶瓶山方圆六百多平方公里，有奇峰二百余座，深峡百余条，得势于山。壶瓶山还有大小瀑布上百条，李白云"壶瓶飞瀑布，洞口落桃花"，壶瓶水冠了天下，成了品牌。钱塘人一片小小的西湖，且乐之歌之。壶瓶山有千山万瀑，我笔下又当何如……

　　联不是冶炼铁矿石把铁提炼出来，而是冶炼大千世界把又一个世界提炼出来。

二〇一八年十一月十七日上午 11：32
江南居

崂山望海亭

有心只向水学道；

无意且随云上山。

二〇一六年九月十九日上午 10：43
江南居

此联镌刻在崂山风景区。崂山在山东半岛，是海边的一座石山，山上少树，脚下多水，拥一片黄海，称海上名山第一。蒲松龄在《聊斋志异》中为此山塑造了一个书生王七崂山学道的故事。道士何求？道在天地之间。眼前一片水就是大道，王七不知，世人亦只当景观，皆错过。游者若登崂山，无意需跟云走，有意也需跟云走，云在似有似无、似来似往之间，人若要懂点道，先悟云。读懂联中意，已入云中道。

联不作说教，但有的联可以作学说看。

二〇一八年十一月十七日下午4：49
江南居

中国红茶坊载心阁

天高正好观云画；

夜静最宜读水声。

二〇一七年五月二十一日下午 5：38
江南居

　　此联镌刻在著名景区中国红茶坊载心阁。中国红茶坊有大、小二院，我曾为两座院子写了几副联，但更喜欢这一副，从眼前的常景写出了心中不常有的感觉，望天高而得"云画"，没辜负孤云独去闲。得夜静而读"水声"，不感叹逝者如斯夫。居此山中小院一晚，知世上还有天外画，无字书。此院我给它取名叫"载心阁"没有错。

　　对联的形式是整齐的，但赋于它的神采要飞扬，整齐不得。

二〇一八年十一月十七日下午5：18
江南居

重阳树公园牌楼（正面）

山高登万古；

树大举重阳。

　　此联镌刻在著名景区重阳树公园石牌楼上。重阳树本不多，而活了1700年、要五人合围的重阳树恐怕很难看到了，我策划维新镇旅游，特借此树立了一个园。看到重阳树会联想到重阳节，联想到登高。从来九九登得最高的不是我们人，而是古今万代。眼前这蔸千年重阳树才是一座罕见的高峰，才是真正的重阳，她高举着自身之重阳，登千年之古今，不信你看它头顶上，正站着光芒四射的日月。

　　联要学会联想，联想可以把上下两联变成古今两重天。

二〇一八年十一月二十一日上午9∶55
江南居

重阳树公园牌楼（背面）

青山时作英雄梦；

绿水常波碧海心。

二〇一八年十月二十四日上午 9：00
江南居

　　此联镌刻在著名景区重阳树公园石牌楼上。大革命时期，贺龙、任弼时、王震等率领红二、六军团在重阳树下演奏了一曲曲历史的壮歌，重阳树成了红色记忆的丰碑。怀念壮烈，青山不寐，常枕英气入梦；故事远去，绿水不老，碧波时有弄潮之意。山水犹有此怀，我辈岂能无草木之心。

　　联虽短，有时留下的痕迹比一部小说还长。

二〇一八年十一月二十一日上午 10：22
江南居

重阳树公园怀远亭

梦来梦去归何处？

思去思来在此山。

二〇一八年十月二十四日上午 12：06
江南居

此联镌刻在著名景区重阳树公园怀远亭石亭子上。人不怀远，形似槁木；人老怀远，犹如重荫。被怀念者或先贤，或故人，或岁月，如梦去来，不知何处？怀远者或同志，或亲友，或草木，思念往来，终究走不出此山此水。"怀远亭"所怀何人？天可怀，人可怀。无须问，梦知道。

撰联先要创作情怀，然后创作笔墨。

二〇一八年十一月二十一日上午 10∶51
江南居

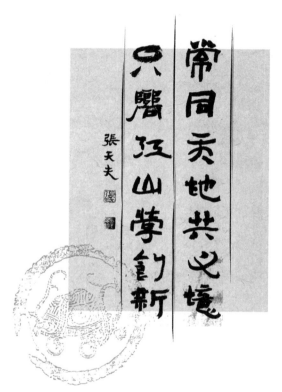

常同天地共心境
只向江山学创新

張天夫

題广州美术学院

常同天地共心境
只向江山学创新

有情互达

题广州美术学院

常同天地共心境；

只向江山学创新。

二〇〇九年四月一日下午 5：40
江南居

联家说这副联格律欠严谨，读联者说这副联意境好，看来还是通悟大于格律。天地没有变，而国人的胸襟萎缩了，能与天地匹配的心实在难寻。拜师、拜名人、拜帖者泛泛，而能师自然者则寥寥。整个社会都言创新，不以天地为师，人类何时能成大器？

思想格局的大小决定对联格局的大小。

二〇一八年十一月二十一日上午 11：12
江南居

中秋回赠马攸君

天张秋色天张我；

月宠江山月宠君。

二〇一二年九月三十日壬辰中秋傍晚 7：25
江南居

　　壬辰中秋，攸君兄发短信问候我，即时也用短信答谢。首先扬秋，也扬己；继之扬山川，也扬君。都没亏待。我、尔、天地、中秋都有了面子，做个和事佬，皆乐之。看似凑趣，实则在张扬自我，借中秋月以寄怀。

　　联意不可太直，也不可晦涩，曲折通幽最好。

二〇一八年十一月二十一日上午 11：48
江南居

题夹山龚道春别居

风翻湖水当书念；

云撞钟声代月明。

你看树是树，他看树不是树，这不是错觉，而是心有所主，这和慧能不是幡动而是心动的感观不同，前者是心御物，后者是物唯心。龚氏别墅离寺庙不远，靠近玉带湖，夜里钟声频传，可阅湖的书，可观云撞的钟，可赏钟声的月，身居景，景居心，月下推敲忘却的是自家门。

联意不能只求入禅，还要发禅外禅之音。

二〇一八年十一月二十一日下午5：04

江南居

木中佛木雕工艺社

但采天庭树；

只琢菩萨心。

二〇一四年九月二十日下午4：00
江南居

此联镌刻在木中佛木雕工艺社门前。"木中佛"是我为该社取的一个社名。该社专司阴沉木、金丝楠等稀缺材料根雕艺术品的制作，这些材料不是平民，乃木中之佛。"木中佛"名字新奇，其一怪；认为材料不采于山而采于天，其二怪；不雕俗物而只琢菩萨心，其三怪。十个字藏了"三怪"。除此，此联意也算一怪。

读联要忘联，只知其联绝非好联。

二〇一八年十一月二十一日下午5:25
江南居

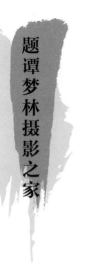

题谭梦林摄影之家

小城随尔追春色；

明月为君换镜头。

二〇一八年一月二十三日早上 7：18
江南居晨练偶得

134

　　此联还未挂出，"明月为君换镜头"这句就被摄影者们口口相传了，一些业外的人士也说好。好就好在相近、相似。行文时把相近、相似的事扯到一起容易，而做到物外有景不容易。明月为君换镜头是物中之景；明月为人生换镜头是物外之景。人人都有一双眼，人人都是摄影家，最好的镜头岂只在风月之中？

　　联要做到物外有景，不要成为摄影的对象。

二〇一八年十一月二十一日傍晚6:16
江南居

张文秋九八诞辰（嵌名联）

文借青山美；

秋乘晚日红。

二〇〇年十一月二十四日
石门壶瓶山返城途中

　　此联现挂在张文秋家中。张文秋是毛泽东的亲家，邵华的母亲。老人过生日，政府拿着这副装裱好的联上京为老人祝寿。老人生日这天，江泽民主席登门看望张文秋，在张家客厅看到此联，站在联前良久，喜欢上了这副联。言不在多，一句两意，概其一生。老人一生为革命奔走，晚年著有《踏遍青山》一书，青山即美文啊！至暮年人老色更红。有青山在，革命不老，老人不老，寿高九八正年少。

　　论人的联最忌一味地写史写事，人不可尽言，以侧笔见其峰即可。

二〇一八年十一月二十一日傍晚7:06
江南居

庆建国六十周年

天佑中华跃红日；

国逢花甲正少年。

二〇〇九年七月十七日下午3：00
江南居

此联曾参加建国六十周年书法展。建国六十周年，乃国之大庆，贺国寿之联铺天盖地，民众兴奋之情也是如潮翻涌。此时，我作何感怀？一叹国之所立、所兴，乃是天佑中华。二叹国之花甲，正当少壮。天无寿，中华也无寿，国兴不计年。虽是贺词，却在论理，读联须深思。

写贺联最鄙浅颂之词，能寓一理算大贺。

二〇一八年十一月二十一日傍晚 7：19

江南居

余德泉先生七十华诞（嵌名联）

秋风不老德山树；

春雨常新岳麓泉。

二〇一〇年十一月十日上午 8∶05
江南居

余老是著名联家，先生七十华诞时我曾持此联去长沙致贺。先生大名中有"德""泉"二字，正是潇湘景眼。德山有德树，先生有联德，可谓德山树；岳麓有山泉，先生有文泉，可谓岳麓泉。余老一生占德、泉二字，成左右联，不愧是联家。

嵌名联能嵌名同时又能举人才是真嵌名联。

二〇一八年十一月二十二日上午8：32
江南居

题舒恒初书斋

小城不语忙飞雪；

深夜无人正看书。

一九九九年十二月十八日
石门荷花

　　夜静、雪白，炉红、书香，是何等的惬意！此景常有，此情不常有。忙的是雪，静的是人；不语的是城，无人知的是人。四时可读书，岁暮心渐冬藏，书可读人；深夜静读，有红灯照书，飞雪照人。读书人错过此时此景，天白生汝。

　　书斋联不是挂在书房的，它是挂在一个人的世界中的。

二〇一八年十一月二十二日上午 10：55

江南居

143

书斋二题之二

道高千古路；

墨领五湖香。

二〇〇四年十二月七日上午
常德河洑党校课堂

中华儒、释、道三者可归一，即人道。人即是天，也可称天道。道有多高，路有多长，华夏悠久，皆因道高之故。道为中华文化之父，墨为中华文化之母，道要娶人，非墨莫属。"道"与"墨"相配，生五岳，生五湖，生五谷。道与墨二者居书斋，书斋可谓天地之灵巢。

对联所以称作楹联，就是因为它是两根柱子，上面要支撑起道的大厦。

二〇一八年十一月二十二日上午 11：18
江南居

鼎城中外女性图书馆

添香尔后托明月；

红袖从今读好书。

二〇一六年一月二日晚上 10：17
江南居

刘绍英为倡导读书，在常德市首创了中外女性图书馆，请我为该馆撰副书斋联。我想，自古都是大男子读书，小女子添香，今天女子读书，倩何人添香？仰头一望，头上有轮明月，优柔得体，善于待人，添香非明月莫属。当年红袖，今日读书之人。红袖夜读书，新添一景。

联不能当书读，应是一本书的序言。

二〇一八年十一月二十二日上午 11∶56
江南居

147

题凌晨书屋

藏书万卷富春色；

读者满楼替月明。

二〇一六年七月二日下午 4：23
江南居

　　凌晨书屋坐落在县城澧水河边，是残疾青年凌晨所创。凌晨虽身残，却用巨资捧一楼书来支撑这个残疾的社会，用万卷书富武陵春色。一年月缺月圆，江面有半时无月，无月之夜，登凌晨书屋，读者盈窗，读书人就是一轮满月。是人代月？是书代月？人无书不明，书无人不朗，有书在怀，如月临空，全身通明。

　　对联要形式和内容互辉，不然就是残月。

二〇一八年十一月二十二日下午3:20
江南居

天一阁藏书楼

有书世上风光好；

开卷古今日月明。

二〇一八年五月十一日上午 8：48
江南居

　　这是为宁波天一阁撰写的一副联。宁波有两句话昭示世人："书藏古今，港通天下。""天一阁"一楼藏书抵宁波半壁江山。世上若无书，何来四海风光？书胜周鼎，是真正的国之重器。有人说"天不生仲尼，万古长如夜"，仲尼只是人圣，书才是智圣，书有日月之光，照古今通明。开卷有益，是小读书；开卷明道，是大读书。大读书者——天一阁。

　　先有书后有联，一副好联就是一栋藏书楼。

二〇一八年十一月二十二日下午3：35
江南居

逸迩阁书院

湖湘风采，艳及秋水水常乐；

天下文章，香到梅花花可读。

二〇一八年八月十三日上午 10：00
江南居

　　此联镌刻在逸迩阁书院藏书楼前。逸迩阁是2018年10月新落成的一家民间书院，问世就夺了沅澧三分光芒。为逸迩阁撰联，一不循旧路，义要逸出书院；二戒古气，不要像老翁扶杖肃立。起笔，波及秋水的是"湖湘风采"，其风采者，是人生、文采、道德；落笔，香到万物的是"天下文章"，其可读者，是梅花、行云、流水。藏书楼岂一个"藏"字是焉。

　　凡有书院处必有联，但多数联只扛起一扇门，没扛起书院，应是联气弱之故。

　　　　二〇一八年十一月二十二日下午4:02
　　　　　　　　　　　　　　　　江南居

153

深圳文宝书院

一叶能知秋水浅；

千竹难测砚池深。

二〇一八年九月七日下午 5：26
江南居

此联镌刻在深圳文宝书院门前。为书院拟联，起笔从落叶、秋水着墨，看似不相关，其实是在表现对事物的认知。叶落而知深浅，对书院若何？心可感之。砚池深浅，不问人，笔能知之。书院门外，世事深浅如何？若问人，有谁知？

对联是有规则的，而思维是无规则的。

二〇一八年十一月二十三日上午9:19
江南居

155

澧州楚风文化馆

绘景还须湘水色；

问天但仰楚国风。

二〇一八年九月八日上午 8：26
江南居

　　此联镌刻在澧州楚风文化馆门前。周烁在澧州城创办了一家楚风文化馆，开了新风。若为其撰联，平庸莫过添花、励志之类的话，最好是帮助拓展愿景，启迪目光，让人记住：湘水乃湖湘文明之基色，不到潇湘岂有诗，诗如此，色亦然。天之大，少湖南不行。屈原去后，天空着，会生锈，后来者，欲问天，弃楚国不能。斯馆虽小，但愿心不能小。

　　撰联只有境界大过风月，笔下才不会尽是风月。

二〇一八年十一月二十三日上午9：42
江南居

157

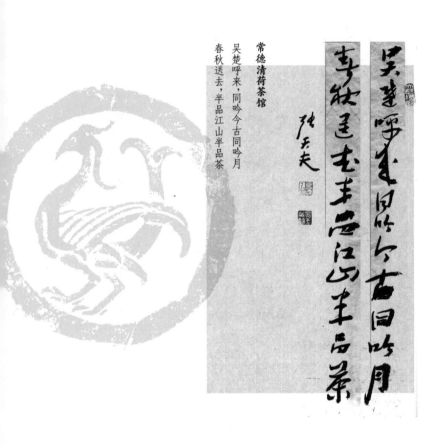

吴楚呼来，同吟今古同吟月

春秋送去，半品江山半品茶

常德清荷茶馆

有灵万物

南昌逸兴茶楼

华夏千秋，尽是英雄煮酒；

东风万里，且邀日月论茶。

二〇〇三年十一月十九日晚上
江南居

此联镌刻在南昌逸兴茶楼。因个人喜欢这副联，后写《品茗赋》时又收入文中。先写酒，后言茶，两两相照。言酒，不言物，意在酒伴随着英雄时代，千秋不能无酒。言茶，不言饮，只邀日月论茶。华夏千年，是英雄煮酒好，还是日月论茶好呢？"二十四史"没有回答。还是煮茶饮江山吧，江山怕醉。

联有小趣、中趣、大趣之分，用意见谑为小趣，用意见巧为中趣，用意见智为大趣。

二〇一八年十一月二十三日上午 10：16
江南居

常德清荷茶馆

吴楚呼来，同吟今古同吟月；

春秋送去，半品江山半品茶。

二〇〇五年一月一日元旦子夜
江南居

　　品茶未邀三朋四友，只约吴楚，故人可谓至大。其来何？同吟今古同吟月，同吟之声，如剑叩栏；送往无同僚，只送春秋，同行可谓至交。其去何？半品江山半品茶，俯仰之气，如清风过江。若想饮此茶，不凌江山，坐日月，拍江流，岂不辜负千江明月一杯水。

　　写联重古词而轻文学语言，联必少生气。

二〇一八年十一月二十三日上午 10：38
江南居

163

庐山云海楼

文捧江山三万里；

茶言国事五千年。

二〇〇五年二月二十三日乙酉正
月初五子夜　江南居

此联镌刻在庐山云海阁。挥毫当得江山助，江山同样离不开文章捧，日、月、星、文皆是捧江山的光环。世上的事议了几千年，乾隆爷累了，最后总结了一句"君不可一日无茶"，茶里有江山，江山中有茶，二者不可分。草木能言国事者，除了茶还有谁？

茶联多如烟海，但多浸泡在茶杯中，须知茶不是"茶"。

二〇一八年十一月二十三日上午 11:19
江南居

杭州楼外楼

湖上月如盏；

月中人似茶。

二〇〇五年三月二十五日晚上
江南居

此联被杭州楼外楼收藏。到吴越去，满眼都是软山软水，西湖一团柔波让人缠绵。月下坐在楼外楼，面对着西子品茗，容易移情别想，看月不是月，看人不是人，何故？有时是人在做，天在看；有时是天在做，人在看。此时，月与西湖在品茶，人不过是在欣赏西子品茶耳。

联中有景还不够，还要和国画一样大量留白。

二○一八年十一月二十三日上午 11：40
江南居

江西婺源茶园

茶醉春迷路；

夜明月忘天。

二〇〇七年六月十日晚上
江南居

　　此联镌刻在婺源茶园。婺源茶园不仅种茶历史悠久，且诗意盎然。春去婺源，岭岭茶熟，山山茶香，无处躲藏。茶园已先自醉，不能导客，无奈何，人与春一同迷路在云雾飘渺的茶园中。至夜，月上东岭，一切被罩进朦胧，不知所在。春因茶醉而迷路，禅因月朗而忘天，是谁让婺源修到了禅外之禅？

　　用禅意写联，比用画写联要胜一筹。

二〇一八年十一月二十三日上午 12：13
江南居

长沙嘉逸茶楼

楼外江声酌岳麓；

壶中秋月照长沙。

二〇一〇年六月八日早上 7：30
江南居

170

此联镌刻在长沙嘉逸茶楼。坐在湘江边上饮茶，没有毛润之"湘江北去"的豪情，但也淡去了不少小盏之兴，心会随江声起伏，眼会随秋月高悬，端杯即见岳麓，回眸即是故国，杯水一寸，长沙千年。时下饮茶，多是闲人之饮。我非闲客，算个独饮之人。独饮者，被天地忘在茶楼之闲人也。

联忌寻章摘句，能自抒情怀为上。

二〇一八年十二月二十三日上午 8：17
江南居

台湾日月潭茶庐（嵌名联）

半日闲心随月后；

一潭碧水到杯前。

二〇一三年五月十一日早上 7：33
江南居偶得

172

　　日月潭不大，比蒙泉湖要小，因沾了日月之光，比蒙泉湖出名多了。坐在潭边品茶，还要撰副联，自然离不了"日月潭"。把"日月潭"三个字自然嵌入联中，了无琢痕，实在是心与日月潭自然相合之故。日月出没潭中，故有日月潭；日月起落心中，心岂不也是日月潭？若此，日月潭可易名为"我心潭"矣。把杯端到嘴边，日月潭对我一笑。

　　把一对日月挂在一对联上，联自然生辉。

二〇一八年十二月二十三日上午 8：48
江南居

先品杯中水；

再观世上人。

二〇一五年九月十二日上午 8：53
江南居

　　给广东省老干中心书画室送副联，一时不知从何写起，忽见书画室左角上有一茶几，灵感顿时从茶杯中涌出。老首长们一生阅世、阅人无数，不知有几处几人看准，几处几人看走了眼？退下来后，一杯水相伴，经水点拨，再观世观人，目光已非往日。在百姓中，水能传情；在百官中，水能循导。一杯水无色无味，既是画，又是诗，凡人都可高挂。

　　一副联高度的标尺，就是作者目光仰视到的距离。

二〇一八年十二月二十三日上午9：40
江南居

175

青城山月心阁

人归余落日；

杯尽有空山。

二〇一五年十月十二日早上 7∶44
江南居

　　此联镌刻在青城山月心阁。"青城天下幽",幽得像夜角上的一片残月,静得像墙边的一根翠竹,空得像倒过来的一口古钟。在青城山品茶就是坐在画中,人走不出这泼墨。人散后只余晚日,晚日去后只留空杯,杯空了还有空山。人与落日谁先散,杯与空山谁先空,不清楚。突然从远处传来一声布谷鸟的长鸣——"不如归去"——"不如归去"……

　　联需要借宇宙的空间去凝炼。

二〇一八年十二月二十三日上午 10：08
江南居

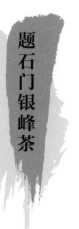

题石门银峰茶

前身应是越国女；

今世方为绝色茶。

二〇一七年三月十七日晚上 9：39
江南居

此联镌刻在著名茶园景区中国白云山茶文化公园天香白云吟诗墙上，已成为石门银峰茶的形象语。石门银峰茶是全国绿茶中的新秀，我曾为她写过一首歌《请喝一碗石门茶》，这副联现又成了这碗茶的同母姊妹。国人爱寻根，且寻到故乡还不打住，继续往前走，一定要查到来世自己是谁。来世成了生命之源。人、物同宗，银峰茶前者何？中国老百姓皆知越国有西施，而不尽知有银峰茶，告知国人银峰茶乃西施转世，众人听后，回首再细看，其腰、其色、其香、其眉眼，皆具西施之容。从此茶人不疑，捧碗银峰茶想入非非。

联要跳出生活的想象，更多一些文学的想象。

二〇一八年十二月二十四日早上 7：37
江南居

中国白云山茶文化公园之四（四副选一）

书似佳茗壶底熟；

事如流水眼中明。

二〇一七年三月二十一日傍晚 7：36
橘香西路劲走

　　此联镌刻在著名茶园景区中国白云山茶文化公园天香白云吟诗墙上。茶饮多了知书味，书读好了知茶香，茶与书相处久了知世事。世事多变，来去忽忙，而茶、书嗜静，静处观动，其动不动；眼中一明，世事洞明。但须记住，书要读熟，茶要泡香，一双眼睛，一只沉到杯底，一只夹在书中。

　　联的联眼要从上帝的母胎中带出来。

二〇一八年十二月二十四日早上7：59
江南居

长沙杜甫江阁茶室

楼前楼后，一幅疏雨画；

壶外壶中，两个绿潇湘。

二〇一七年四月五日上午 11：36
江南居

182

　　此联是为长沙杜甫江阁茶室所撰。江山本来很美，加上江雨红楼，就是一幅画，但江山不知足，还想有一碗水为她点唇，一对联为她修眉，看来江山也要粘了文气才会娇媚。江山是没有内外之分的，天上的月亮和湖底的月亮同样美；茶壶也是没有内外之分的，摆在月光下，壶外是水，壶内也是水。然，我有内外否？此刻，心中是潇湘，身外也是潇湘。

　　联只有走出文字，才会觉得两行字不少。

二〇一八年十二月二十四日上午 8：23

江南居

武陵红茶馆

抱地天香托绿梦；

倾国流水爱红颜。

二〇一七年十二月十四日上午 8：47
江南居

　　此联镌刻在常德老河街武陵红茶馆门前。武陵红茶以石门宜红茶历史最悠久。一杯红茶放在茶几上，色如琥珀，艳如海棠，自然会联想到红粉佳人。人有色德，天性恋红颜；水有色德，物性恋红颜。二者若有区别，前者是倾国之色，后者是倾国之水。两者相倾相慕，凡饮红茶者皆可得此倾国之色啊！

　　"作"出来的联难得精彩，"跳"出来的联容易让人跳起来。

二〇一八年十二月二十四日上午 10：08
江南居

茶禅一味茶书院

江河有水非斯水；

梦幻似禅非此禅。

二〇一八年五月十日早上 6：50
江南居

　　禅是怎么出现的不知道，禅应该怎么诠释说不清。唐代夹山善会和尚很聪悟，把禅和茶绑在一起，提出"茶禅一味"，让禅有了参照物。但不能就此认为，茶就等于禅，因为茶乃物，而禅非物，就像我的一枚书画闲章上刻的"吾非佛非道非仙非鬼非人者也"。只想知晓世人，要想靠近茶禅，江河涌来非茶禅之水，万梦绕来非茶禅之禅。天不知禅，禅不知天，但两者很相像。

　　对联的禅境在于人读了说不出所以然而兴味无穷。

二〇一八年十二月二十四日上午 10:48
江南居

成都锦江茶楼

心淡随花常下落；

水清陪月不东流。

二〇一八年七月十一日早上 7：17
江南居

　　此联镌刻在成都锦江茶楼。这是何等的茶楼，心花无季，至此纷纷而下；水碧无疆，至此静静不往。水之圣老子，茶之圣陆羽，茶、水两圣人相揖，而有茶楼。茶楼者，水圣、茶圣之庙。世上有此"庙"，心花才常拜于此"庙"，万河才时归于此"庙"。左右两只手，一手携水，一手携茶，同拜此"庙"，一生再不还俗。

　　要想把意境放大，需要日月做放大镜。

二〇一八年十二月二十四日上午 11∶11
江南居

白云林家酒肆

白云常作客；

好酒不饶人。

约二〇一二年三月二十二日上午 11：40
石门文促会

　　此联镌刻在白云林家酒肆门前。可能是不喝酒的缘故，平时酒联也写得少。但此联一挂出，就有谱曲的对我说"好酒不饶人"这句话好有趣，建议以此为题，写首酒歌出来。又有深圳一经营酒的企业，要我把这句话卖给他做酒的广告语。是酒好呢，还是联好呢？已经不饶人了。得饶人处且饶人，只有把这副联藏起来。

　　对联写俗不难，写得趣味独出不容易，那就要俗到极致。

二〇一八年十二月二十四日下午 5：53
江南居

石门圣草村酒家

四面青山心坐出；

一江灯火酒薰燃。

二〇一二年六月二十日下午 4：50
石门文促会

此联镌刻在圣草村酒家门前。圣草村是我几年前为东城一家老酒店重新拟的名，生意很好。很多人不懂得大闹即静、大忙即闲的道理，似乎入禅就要坐下来什么也不想，非也。酒是烈性之物，喝酒的人只管喝，喝得热血方刚，忘记日月所以，其实这是一种大禅境，非高阳酒徒不能。心能坐出四面青山，酒为何不能点燃一座城市。闹到极致静到极致，心在何处禅在何处，与物无关。酒不过心外之物罢了。

写联要回避物，达到无物而有物的境地。

二〇一八年十二月二十四日下午6：19
江南居

酒中天楼之一（二副选一）

秋月当垆招远客；

心舟载酒入高楼。

二〇一三年十月五日上午9：06
江南居

酒中天酒家是我为其想出的一个名字，同时写了两副联，一副是"能为云外客，方入酒中天"，现镌刻在酒中天酒楼前，而入集却选了这副。自我觉得前者明了切题，但市井味重；后者婉约意曲，能开新境。秋月当垆，此之前只有成都卓文君是千古当垆者，不知谁更风流？钱塘饮杜康，多从运河用帆载来，今饮湘泉则是心舟从武陵载来，心与船谁更能载这世上风流？

联如果走不出联，就是两行汉字。

二〇一八年十二月二十五日上午 8：20
江南居

题大自然奇石馆

与人交可得知己；

与天交可得奇石。

约二〇〇一年冬
石门荷花

　　这原本是我《奇石赋》中的两句话，从格律上讲不算联，但它现已挂在全国各地的奇石馆前，贾平凹还特意书写了一遍，各地奇石协会外出活动，也把这句话印在彩条布上，成为奇石界互通的语言和事实上的联。把奇石与知己并提，可见佳石之难得，此其一；佳石也是知己，此其二；有天性者方有石缘，此其三。曾有一位领导建议我把"与天交"改为"与地交"，我听了顿时木然，心里想笑，改为"与河交"不是更发石头财吗？

　　写联不能像觅石头一个个地去找，而要拾回一片河洲。

二〇一八年十二月二十五日上午9：32
江南居

江南居奇石馆

漫将豪气覆沧海；

且把江山当石头。

二〇〇六年三月十八日下午
刘祖刚家观石偶得

私宅江南居一楼全是石头，喊顺了口就叫它江南居奇石馆。里面挂有一幅木板字"石头小江山，江山小石头"，有人来观石，也观这幅字，有所悟者都喜欢。人类坐在地球上，其实就是坐在一块石头上，假若你在银河边上看地球，地球不过一小石耳。故玩石有手玩和心玩之别，手玩者玩河洲之石，心玩者玩天地之石。我在《奇石赋》中写道："手抚石得日月之肌，目抚石获海天之色，心抚石识宇宙万类，神抚石知古今之变。"说这些话，可算得上是心玩石吗？

情发于无意之间的豪言才不会空洞。

二〇一八年十二月二十五日上午 10:07
江南居

璞谷奇石园

心追江海远；

石带天意来。

二〇〇六年九月一日下午
石门策划中心

此联镌刻在著名文化景区璞谷奇石园中。璞谷是王中浩先生的创意，贾平凹先生命的名，其奇石文化在国内是翘楚。我撰这副联时首先想，玩石人不辞山远沟深，求石不倦，为何？天生产出了奇石，需要有人把它拾回来，凡爱石之人都是天选中的使者，这难道不是天意；世人都爱窥测天在想什么？从来天意高难问，石头生于天地之母腹，天的心思，尽留在小小石头上了。"石带天意来"，不玩石不知天意。

写对联延伸思维束线的方法莫过于站在地球边上。

二〇一八年十二月二十五日上午 10：38
江南居

半坡村赏石园

流水中间失往事；

石头前面问消息。

二〇一八年十一月二十五日晚上 8：43
江南居

　　此联镌刻在半坡村赏石园门前。半坡村赏石园位于城郊一面坡上，玩石人要我替它取个名，就脱口而出叫"半坡村"吧，音落，大家一齐鼓掌，算通过。园主杨高峰又托人找我还想写副联，我坐在客厅，扭过头看到墙边石几上的一排石头，一下跳出一个疑问，世上千古事都随流水漂走了，逝者如斯夫，有谁能识旧人，知过去？"二十四史"不过记录了一些碎片断章，头上明月也是一片模糊，只有站在石头前面，问以往，石尽知……于是就有这两句话。

　　联写同类题材要想每副出新，记住要找岔路，不能笔直朝前走。

二〇一八年十二月二十五日上午 11：16
江南居

兰草写意之四（四副选一）

时观明月常搔首；

更羡兰香不嫁人。

二〇一二年五月二十七日傍晚 7:18
江南居

204

　　自古写兰能传世的佳句似乎不多。我曾给别人客厅写过一纸横披"兰无奢香"，告诉人们兰是没有多余香气的，每一缕香都很珍贵。兰香靠近则无，无意则香，取之不能。月养在云中，凡君子可娶；兰养在幽谷，虽君子不嫁。兰香愿守空谷？非也，是兰香不慕凡尘，兰香只嫁兰香。

　　联太朦胧一头雾水，不朦胧一指薄水，都不好。

二〇一八年十二月二十五日下午4：33
江南居

兰草之二（二副选一）

幽谷天香眼；

疏兰春月眉。

二〇一二年七月十日上午 11：30

石门文促会

　　常德市书协主席胡安民爱上这副联，特意书写后送给了紫和茶书院。这副兰联有点儿朦胧味，但不晦涩。幽谷是山的眼睛，此眼不生辉只生香，故幽谷为天香之目；月是佳丽，给月贴一对妩眉，非春兰不配。天人是合一的，天物也是合一的。人要德配天地，须终生携一物同行。兰，终生可为伴啊！

　　构思比想象重要，能让人出奇不意。

二〇一八年十二月二十五日下午 5：21
江南居

题蕙兰

微香散雨如新月；

疏影横溪似小桥。

二〇一九年四月十五日晚上 10：35
江南居

玩了兰草就分清了什么是春兰，什么是蕙兰。后进一步知道了板桥先生画的都是蕙兰，蕙兰修长疏朗，笔峰好潇洒，至于画中都是些什么兰花，我不知，板桥也未必说得出来，但那不影响画兰赏兰。观兰观画，近得一蓬疏影，远得一缕清香，足矣，此所谓得其韵而忘其形。观世观人也大致如此，近观者模糊，远观者清晰，侧观者感悟，静观者神会，眼观者得其彼，心观者得其不知所以而所以。兰以形教人，以香传道，可谓草中圣人。

联的左右两联应该是一对情人，互相眷顾着。

二〇一九年四月十六日早上 7：43
江南居

雪中梅

梅点漫天雪；

雪开千树梅。

二〇一七年十二月四日傍晚 6:52
江南居

梅和雪是不分家的，宋代卢梅坡写的《雪梅》"梅须逊雪三分白，雪却输梅一段香"，就别有梅雪之趣。站在暮冬，银花纷纷，天地就是一蔸盛开的腊梅；而眼前盛开的白梅就是头上纷纷的雪。雪中梅，不辨梅，何辨雪；孤立风雪中，雪静静，梅淡淡。摘梅一枝，就是摘天地一角；捧山川一角，就是抱梅花一树。雪中有梅，若春之有兰，人之有书喔……

联咏物要像雪中梅，梅雪不辨。

二〇一八年十二月二十五日傍晚7：44
江南居

后　记

生活在现代的人按理应该专注现代文体的写作，但偏偏有时爱扭头往回看，喜欢写一些古代文体的文字，这不应看作是信而好古，除人的秉性外，其中一个重要的原因就是中华古代文学不仅具有永恒魅力，而且还具有极大的现实功能。我的一些经历也证明了这点。我平时写的一些散文、杂感、随笔、诗歌等，大家都还能认可，但只能传其意而不能传其句，唯有那些诗词、对联、辞赋中的一些好句子、好片段，常挂在一些人的嘴边，口口相传，不少句子还成了旅游、商品广告语。这是古典文学的魅力，句短、意长、顺口，具有经典性、传播性。

今天的人如若玩古典的诗词、对联、辞赋，最重要的一点就是莫要忘记自己是当代人。宋代回不到唐代，今天也回不到明清去。旧瓶装新酒这句话不全对，旧包装也是需要更新的，唐以后辞赋的写作就与楚辞、汉赋不同，形式要活泼得多，语言也清新些了。既然是当代人就要注意形式、内容、语言、情感都不要走回头路，去重复古人，不要死死抱住旧的形式不知变通，活人写死文章。个人主

张形式旧中有新，内容新中无旧，语言去陈务真，思想唯我独行。力求传播今天，经典明天。

我这三卷诗词、对联、辞赋，除辞赋不足一百篇外，诗词、对联两卷都是选集，各选了一百首，凑足一个整数。汇成三卷一并出版，姑且算平生一个小结。这三卷小册子有一个共同的特点，都不是专门式的写作，除部分诗词外，大多是因工作和社会活动带出来的作品，但绝不是我们平时说的应景之作。事出应景，而文不应景，像滕子京请范仲淹为岳阳楼撰文，是乐之其事的应景，是笔之其外的不应景。我自始坚守写作的文学性和经典性，把能否传播传承看作写作的原动力，不敢有一点马虎。

这套诗词、对联、辞赋三卷书，每卷各分成了四辑。诗词分成了怀抱之间、古今之间、山川之间、草木之间四个部分；对联分成了有梦春秋、有眼风光、有情互达、有灵万物四个部分；辞赋分成了瓦当阳光、青墙春草、勾栏绪风、檐前雨声四个部分。其实文难定界，每卷分成四辑都是勉强的，其用意主要是为了让版式活泼一点，读者大不必去对应。

这套书的诗词、对联、辞赋还有一个特点都是短文短句，三卷书没有一首长诗，全部是七言绝句；没有一副长联，只有少数的几副十一字联；没有一篇长文，最长的一篇赋也没过八百字。之所以这样，除我喜短厌长的禀性

外，也是文章应该追求的境界，再说时代也需要短文，文章与时代节奏要合拍。

这三卷诗词、对联、辞赋几乎都在报刊、新型媒体和各类活动中出现过。鉴于古典文学的形式和经典特点，其最佳传播形式不是看是否在媒体上发表过，而是在其群众性，作品是否留在人们的嘴边，像柳永的词一样"凡有井水处，皆能歌柳词"；是否能与当代的社会活动和经典文化结合在一起，成为物眼、景眼、社会之眼。因三卷作品都不是无病呻吟，皆形成有因，写作时无尊者奉，遵循的是为文之道，故这些作品都得到了广泛传播，在全国各地有近三十块巨型辞赋石碑，接受了时间的检验，得到了大众的喜爱；有百多副对联镌刻在全国的名山、名园、名楼上，不少成了旅游广告词；有几十首诗词镌刻在全国各地的诗墙上。这些引起了评论家的关注，认为是少见的一种现象。这不是个人的能耐，应该是古典文学的特点使然。所以，要传承古典文学必须首先是传播古典文学。

三卷中的一百首诗词、一百副对联都随文写了百余字的一段小文，叫"左诗右语""左联右语"，目的不是就此诗论此诗、就此联论此联的自我赏析，而是跳出此诗、此联外说的一些多余的话，同时，提出了一些个人为诗、为联的创作观，都是平时浅显的一些体会，以期与大家共同学习。

三卷中的诗词、对联除极个别用平水韵外，都是采用的新声韵，个人认为一代人有一代人的声音，押新声韵是时代和历史发展的要求。个别不合律的地方服从了词意。

时光和历史同大自然的江河一样本无过去、今天、未来之分，今天就是过去，过去还是今天。文学也是没有传统和非传统、古代和现代之分的，古典的是现代的经典，现代的是明天的古典，只是文学形式的不同。我一只手写现代文字，一只手写古代文字，同时出于一个大脑，因这个大脑是一个没有过去、今天、明天的世界。

二〇一九年一月二十二日上午 9：00 江南居

张天夫 著

天夫诗联赋

图书在版编目（CIP）数据

天夫诗联赋. 辞赋 / 张天夫著. —— 北京 ：中华书局，
2019.12
　ISBN 978-7-101-14179-5

　Ⅰ.①天… Ⅱ．张… Ⅲ．赋－作品集－中国－当代
Ⅳ．①I217.2②I227.9

中国版本图书馆CIP数据核字(2019)第272813号

题　　签　张天夫

书　　名　天夫诗联赋·辞赋
著　　者　张天夫
特邀编辑　陈启辉
责任编辑　许旭虹
出版发行　中华书局
　　　　　（北京市丰台区太平桥西里38号 100073 ）
　　　　　http://www.zhbc.com.cn
　　　　　E-mail:zhbc@zhbc.com.cn
印　　刷　天津艺嘉印刷科技有限公司
版　　次　2019年12月北京第1版
　　　　　2019年12月北京第1次印刷
规　　格　开本787×1092毫米　1/16
　　　　　总印张41　总字数60千字
国际书号　ISBN 978-7-101-14179-5
总 定 价　200.00元

张天夫

作家

文化人、策划人

现居湖南常德

清茶饮玉四苦茗

樽多泰 一雨此堂

品茶之人

良辰不多佳茗难遇（遇）时代
足不离安歆乎尝尽天一阁以
歃茶鹤抱野似玉盖烹白
云银峰孙云无之安为此二
凤霞雪芽转新江坂三舷烛
红新河与安佳品乐如天下
抱幽喜品遗寿味云楼盖
山庭西公至津阿野豁
西风名利一方湾绿书怀二
未淡茶湾玉四方湾好月云
人抱此岁金玄茶之人
右録息苍颉诗 天夫

良辰不再佳景難重
時光怱怱怱怱怱改年
惜遊此一甲子羣芳
鶴抱石壁玉毒一毒
分雲妃峰掃雲衣二
艾芳連峰散雨岸一
妻引江頃三松燃
紅新好美足得君宗
知上下抱鴉魚不遂
東山时書搖畫盡夜
雨山玉筆如飛蛺

目　录

瓦当阳光

青墙春草

勾栏绪风

檐前雨声

《常德赋》摘录

天下修德岂能无我常德乎？

天有善德，社会和谐；
地有善德，万物归焉。

长风过楚兮平湖滔滔，
日月过楚兮天地煌煌，
德润大地兮山川不朽，
德行天下兮武陵风流。

瓦
当
阳
光

湘江赋

茫茫九派，湘江北去，接南国之烟霞，握西楚之洞庭，抱三湘于中天，旋北斗以涛声，襟带天下，尽在滔滔者矣。

望长河迢迢，棹歌远兮。神农追百草之香，舜帝巡苍梧之云，二妃泣君山之竹，大禹传岣嵝之碑①。渺渺兮，其源幽深。听江吟《离骚》，河诵国声，屈子问天，苍穹掩泣；贾谊痛哭，岸撕心肺。身老孤舟，少陵不病仁心②；人落荒州，子厚常哀国殇③。荡荡兮，水流忧国之情。仰岳麓书院，啸于斯为盛；领湖湘学宗，小齐鲁洙泗④。船山启明⑤，魏源睁东方一目；宗棠立疆，嗣同喷百年一滴；湘军领浪，骑长河而纵横。汤汤兮，川涌百代楚人。更同学少年，击水中流，一拍寒秋，大河易向。蔡锷护国，黄兴图强，秋收举义，红军跃江，天地开篇，尽在湘江两岸。浩浩兮，江主乾坤沉浮。斯水瘦而万流无声；斯水壮而四海直立。一篇《离骚》，一阕秋词，两颗诗心，万古江魂。屈子润之，扛湘江两头，竞日月争天下之先。

爱晚亭下⑥，新河蜿蜒，水拍穹庐。闻韶乐而人和，喧衡雁以思飞。明月抱长岛摇橹，岳麓坐长沙泛舟。吴天推雨，浪叠层楼百万；楚天张风，云挂新湘一轴。澄江似练，挽平湖而殷湖广，播明珠以耀银河。三镇鼎立，六桥飞虹，宛在百里画廊。张我株网，吞四方流星；扬我长臂，牵雪山海浪。灿灿兮，天揭广宇，江蒸湖湘文气一笼；风推云棹，波载世纪新人一船。潇湘正少，一秀而媚江南；芙蓉怒放，一笑而尽朝晖。兴我湖南，问道先问湘水；强我中华，祭天先祭湘神。登杜甫江阁，望岳阳楼头，两座圣楼，牵千里一线，系国运之悠悠。

枕一夜涛声，得千载风流；摇一日洞庭，播万里春风。神州仰我湖湘兮，载古载今；天地借我湘江兮，且歌且奔。

注　释

① 岣嵝碑：在衡山岣嵝峰，为蝌蚪文，相传为大禹
　　所立。

② 少陵：杜甫，我国唐代伟大诗人。

③ 子厚：柳宗元，我国唐代著名的思想家和散文家。

④ 洙泗：山东的两条河，岳麓书院与杏坛并称，
　　称潇湘洙泗。

⑤ 船山：王夫之，明末清初杰出的唯物主义思想家。

⑥ 爱晚亭：在长沙市西郊岳麓山上。

二〇〇八年三月六日上午石门至长沙途中六稿

常德赋

　　杲杲常德，古武陵、朗州、鼎州是也①。天不吝啬，舍湘北膏腴之地而为郡；地有独钟，让西楚纵横之区而雄踞。控引巴蜀，襟带洞庭。敞东南而望衡庐，倾西北以抱四塞②。雪峰皑皑，帘挂潇湘新雨；河洑巍巍，夜宿衡阳雁声③。禹分九派，先有澧州春秋；光耀华夏，首举城头青烟④。沅澧汤汤，多屈子怀乡去国之恨；云水浩浩，扬文正先忧后乐之仁⑤。江流如梦，何曾山河依旧，但看朝阳如炉。

　　武陵阁上，凌虚送目，吴楚呼前，青山无数。巫峡猿啼，声播沅水秋风；云梦波涌，水搁笔架城楼⑥。江山西来，霞送武陵奇峰；大河东去，浪挽长江归舟⑦。壶瓶飞瀑布兮，夺匡庐之水；花溪舞白鹭兮，降阳春之雪⑧。魏晋不远，桃花未瘦，乃世外桃源，游人忘踪⑨；圣贤留芳，晚岚未收，有善卷德山，云过垂袖⑩。

宋玉悲秋，寒天落叶⑪。太白来斯，流水飞扬⑫。刘郎踏歌，亦晴亦雨⑬。奉天隐禅，非僧非王⑭。十万义旗怒大宋湖山，八千金戈铸古城铜墙⑮。渔父盗民主之圣火，伯渠擎神州之沧桑⑯。读书而有高台，求索而仰萤光，书声托空湖泊，名臣悬高国梁⑰。楚国风骚，传伯赞丁玲；南国啸声，追屈宋文章⑱。星垂平野，有我魁星半斗耳。

彩云飞渡，岂在清风明月之间。栏杆拍遍，看大地载德。百尺城垣，已翻旧貌。招远山而列城郭，覆银河以明两岸。一湖柳浪，柳摇长空；十里诗墙，诗接唐宋⑲。不赊无边春色，绿了百万城楼。受我之鱼，烹之饪之，江南鱼池，半在洞庭；食我之稻，美之乐之，湖广粮仓，半在鼎城；游我之壑，舞之蹈之，四海名山，半在朗州；赐我之丘，采之掘之，五湖宝藏，半在澧阳。岭外之云有我双翼，黄海之波有我长笛，南北锁钥在我掌心。秋冬之末有我芙蓉，冰雪之尾有我热能，四方财货在我肩舆⑳。举河汉兮摘明珠一串，挂孤峰之巅；呼雷雨兮折彩虹一缕，拱湘北门户㉑。更有金橘灿灿星空不穷，茶山渺渺云海不枯。不识我者，残梦总绕西风；能识我者，壮心且拍东流。展宏图之美，丝弦难奏㉒；尽三湘之神，画笔难收。今日胜区，经得吴楚千古明月一顾。

噫嘘兮！常德德山山有德㉓，天下修德岂能无我常德乎？天有善德，社会和谐；地有善德，万物归焉。长风过楚兮平湖滔滔，日月过楚兮天地煌煌，德润大地兮山川不朽，德行天下兮武陵风流。唤鸿雁兮秋水展翅，推洞庭兮涛声蔽空，大汉气象兮今日安哉，天下俯仰兮常德是也！

城市沿革

　　常德市位于湖南省西北部，东濒洞庭，北临鄂西，西连张家界、湘西自治州而接黔、川。历史上就是"西楚唇齿"，"四塞之国"，"黔川之咽喉，云贵之门户"，战略位置非常重要。早在7000多年前，人类就在这里劳动生息。夏、商、周三代，常德隶属九州之一的荆州，春秋战国时属楚黔中地，秦属黔中郡，汉称武陵郡，隋称朗州，宋称鼎州。宋政和七年（1117）设常德郡，后升为常德府，自此一直为郡、府、市之治所，历代相沿。常德历史名人荟萃，是一座具有革命传统的城市，在近现代史上，民主革命先驱宋教仁、无产阶级革命家林伯渠、文学巨星丁玲、史学泰斗翦伯赞都诞生在这里。常德现为市人民政府所在地，辖六县二区一市，人口六百多万，是全国有名的旅游城市、园林城市，鱼米之乡、橘乡、茶乡。

注　释

① 武陵、朗州、鼎州：汉以后常德的历代行政称谓。

② 四塞：指湘、鄂、川、黔，常德史有"四塞之国"之称。

③ 雪峰：雪峰山脉，余脉蜿蜒于常德市境内。河洑：河洑山，位于常德市区西郊。

④ 澧州：今澧县。城头：城头山，我国最早的古城遗址之一，在今湖南省澧县境内。

⑤ 沅澧：沅水和澧水，流经湖南省常德市境内。屈子：屈原。文正：范仲淹，北宋著名政治家，死后谥"文正"。

⑥ 云梦：古泽薮名，位于湖北省境内，临洞庭湖。笔架：笔架城，位于常德市区，传说魁星点斗后将笔搁在笔架城上，因其状如笔架而得名。

⑦ 武陵：武陵源，位于常德市西部，有张家界、武陵源等著名景区。

⑧ 壶瓶：壶瓶山，位于常德市西北部，多瀑布，著名景区。匡庐：匡庐峰，位于江西省庐山，李白有庐山瀑布"飞流直下三千尺"之句。花

溪：花岩溪，位于常德市南部，多白鹭，著名
景区。

⑨ 魏晋不远：陶渊明的《桃花源记》中有"不知
有汉，无论魏晋"之句。世外桃源：桃花源，
位于常德市南部，因东晋诗人陶渊明的《桃花
源记》而得名，著名景区。

⑩ 圣贤：此指尧舜时期的贤人善卷。德山：位于
常德市东郊沅水边，因善卷在此布善施德而得
名，常德德山山有德，是"德"文化的重要发
祥地。

⑪ 宋玉：战国时期楚国著名辞赋家，被贬到常德临
澧浴溪，因悲愤作《九辩》五首，以述其志。

⑫ 太白：李白，唐代伟大诗人，流放经过常德，在
壶瓶山留下了"壶瓶飞瀑布，洞口落桃花"的
诗句。

⑬ 刘郎：刘禹锡，唐代著名诗人，在常德任朗州
司马十年，创作了竹枝词，有"东边日出西边
雨"等名句传世。

⑭ 奉天：传说明末农民起义领袖闯王李自成兵败
后归隐常德市石门县夹山，称奉天玉和尚。

⑮ 十万义旗：北宋末年发生在洞庭湖畔的杨幺农

民起义。八千金戈：1943年抗日战争时期的常德保卫战，有八千男儿为国捐躯。

⑯ 渔父：宋教仁，常德市桃源县人，民主革命先驱。伯渠：林伯渠，常德市临澧县人，杰出的无产阶级革命家。

⑰ 高台：北宋范仲淹少年时曾在常德市安乡县兴国观苦读，成为一代贤相，至今范文正公读书台遗迹尚存。萤光：东晋车胤，常德澧县人，因家贫囊萤照读，成千古佳话，官至吏部尚书，为一代名臣。

⑱ 伯赞：翦伯赞，常德市桃源县人，著名史学家。丁玲：常德市临澧县人，著名文学家。屈宋：屈原和宋玉。

⑲ 一湖柳浪：柳叶湖，位于常德市北部，我国最大的城市淡水湖之一，沿湖多柳树，著名景区。十里诗墙：常德诗墙，有"诗国长城"之称，列入吉尼斯世界纪录，著名景点。

⑳ 芙蓉：常德香烟品牌。热能：常德市是湖南能源基地。肩舆：轿子，这里借指肩膀。

㉑ 孤峰：孤峰塔，在常德市区东郊德山上，市经

济开发区所在地。湘北门户：常德市位于湘北，自古有湘北门户之称。

㉒　丝弦：常德民间地方曲艺。

㉓　常德德山山有德：湖南民谣"常德德山山有德，长沙沙水水无沙"。

二〇〇八年一月二十一日晚上10：00江南居六稿

石门赋（之一）

　　湘北大邑①，临长江，处洞庭一隅。山倾西北敞澧阳平原，河折东南抱吴楚风月。山朴而古风习习，地厚而物华钟钟。北门之锁钥，湘鄂之都会也。

　　秋高气爽，可登壶瓶②。仰楚天空阔，古木森森。看黄叶萧萧兮落长江，了了而知天下矣③。三月朦胧，漫步夹山④。听细雨无声，老泉涓涓。踏西坡青青兮不敢语，忽忽而惊杜鹃⑤。若江河水涨，观红日白帆，浪下平川。叹逝者滔滔兮如斯夫，追日月而不敢待。四望苍山如海，白云无际。学渔歌不及，追棹歌已远。常浮游而忘归，悟大道于天地。

　　故国千秋，幽幽澧兰，有屈子行吟⑥。今浅草萋萋，芳踪难觅，路漫漫兮后来者正上下求索。感宇宙无极，天地浪漫。水舞长虹，笛传南北。河汉倒转，边城不夜。更绿水逶迤，城罗三星，灯落夕阳，柳舞长堤。应谢东风作主，嫁我江山一新。独自凭栏，欲问大江何往，中天一勾新月，更待谁人怀抱，耕东流？

乘日出快扶犁兮，

耕离离之原野；

挽大风快举帆兮，

追浩浩之狂潮；

观天未老快播种兮，

收日月之煌煌；

趁年少快奔放兮，

扬骏马之啸啸……

注 释

① 湘北：石门县地处湖南西北部。

② 壶瓶：壶瓶山，在湖南省石门县境内，有湖南屋脊之称，著名风景区。

③ 在壶瓶山主峰可以远眺长江。

④ 夹山：石门县城东郊，有夹山寺、闯王陵、茶禅文化源头等著名景点。

⑤ 西坡：明末农民起义领袖闯王李自成兵败后禅隐夹山，死后葬夹山西坡。

⑥ 澧兰：澧水边生长的兰草。屈子：屈原，流放到过石门，留下了"沅有芷兮澧有兰"的诗句。

一九九九年八月十四日石门荷花

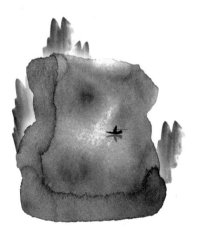

石门赋（之二）

　　天有巨星，飞驰湘北，訇然中开，而有石门。地偏积灵丹之气，山远蓄虎豹之声。握长江而近巴蜀，散平川而望朗州①。云挥翠羽，携湘鄂出入②；风传自由，放棹歌来去。三月提雨，踏遍岳阳潮水；六月送风，吹冷武昌红炉③。启洪荒敲錞于金音，射天狼有燕尔洞人④。山歌踏五谷祝寿，白虎啸巴楚山魂⑤。林深半绕苍烟，水浅七分素容。天柱不倒，一卷澧水长流⑥。

　　谢江山如画，慕九澧霞霭，赤足凌浪，影焯龙门⑦。飞玉珠而壑明，发龙吟而林啸。穷屋脊问沧海之变，入深涧觅亘古之心⑧。洞庭波光，尽是壶瓶倒影；湖湘江河，皆得飞瀑留形⑨。俯首东南，岗峦萦回⑩。敞武陵垅铺黄花，临桃源柳染嫣红⑪。佳人抱蒙泉飞月，舟子荡仙阳浮天⑫。访丛林于夹山，听晚钟于西岭⑬。品茶禅一味，会天地一心⑭。黄叶掩寺，白雪照泉。半池碧岩清波，洗白中天明月⑮。融融兮！地供浅山一丘，天让孤峰独秀。

春秋移步，掌心生苔。听吊楼哭嫁，看龙祭清明⑯。夕阳铃声，农耕犹存。淳风如圣，古贤来归。屈子行舟，身佩兰溪吐香⑰；唐宋两僧，风送禅心化鹤⑱。太白寻仙，两行唐诗不朽⑲；山谷留笔，一点宋墨常新⑳。奉天隐形，惊梦散作飞雪；双锋化剪，将心裁成红梅㉑。悠悠兮！空谷足音，惊云海之笔；南国头颅，化荆楚诸峰㉒。

晋有溧阳㉓，旧邑不再，窗闭残夜，门对朝日。一水东宛，系三城青罗；群峰中分，夹十万灯火㉔。四面青山画屏，一江红楼彩云。碧云何来？渺渺茶山飞渡。星空何来？灼灼橘园灿烂。紫气何来？鸽引四海来客。天涯何来？笛鸣五湖烟波。捧书声以添风月，牧雏鹰以乐长空。收金秋于南乡，掘地藏于西山，耀明珠于两河，发光明于三江㉕。贫瘠之地，十载穿云接雨；探天之志，一跃重霄夺日。煌煌兮！藏吴月于山城，接澧水于银河。

河川邈邈，兰洲萋萋。上东峰而阅路，下平原而狂奔㉖。负苍穹以追远，理溪流而用心。西楚宏鼎，安能少巨石之足；湖南风流，不可无九澧之人。举秋水而张目，展彩霞而扬翼。浩浩哉！谓我何求？石破天惊，千秋彩门，古今归兮！

注　释

① 巴蜀：四川，石门县东北部与长江三峡毗邻。朗州：常德汉以后的行政称谓，石门县在常德市境内。

② 湘鄂：湖南、湖北，石门县西北与湖北省交界。

③ 红炉：重庆、武汉、南京是长江边三大火炉，石门县气候温润，影响武汉，这里是夸张的说法。

④ 錞于：石门县境内出土的古代巴人军乐器，是中华最早的打击乐器之一。燕尔洞：位于石门县城西北25公里的溇水河谷，是古人类洞穴，燕尔洞人被考古学界称为"石门人"。

⑤ 白虎：石门县土家族的图腾。

⑥ 澧水：湖南四大河流之一，横贯石门县境内。

⑦ 九澧：澧水干流及其八大支流合称九澧。影焯：身影清晰的晃动。龙门：龙门洞，位于石门县南北镇，是溇水河的源头，龙门出水为一大奇观。

⑧ 屋脊：指壶瓶山，位于石门县西北部，有湖南屋脊之称。亘古：远古。

⑨ 壶瓶：壶瓶山，多瀑布，离洞庭湖不远。

⑩ 岗峦萦回：指石门县东南部丘陵平原区。

⑪ 武陵：石门县属武陵山区。桃源：桃花源。

⑫ 蒙泉：蒙泉湖，位于石门县东南部，著名风景区。仙阳：皂角市水库，又名仙阳湖，位于石门县中部，著名风景区。

⑬ 夹山：位于石门县城东郊，著名佛教文化圣地。

⑭ 茶禅一味：是石门夹山唐代高僧善会和宋代高僧圆悟提出的茶禅合一的哲学理念，影响至今。

⑮ 碧岩：碧岩泉，位于石门县夹山的西南角，有天下茶禅第一泉之称。

⑯ 吊楼：吊脚楼。哭嫁：土家女儿出嫁前的一种风俗。龙祭清明：石门县穿山河有桩巴龙的传说，传说他每年清明前回乡扫墓，来时风雨大作。

⑰ 兰溪：位于石门县白云乡境内，多兰草，传说屈原被放逐时到过这里，故名兰溪。

⑱ 唐宋两僧：指唐代夹山和尚善会及宋代夹山和尚圆悟，都是当时著名高僧。

⑲ 太白寻仙：唐代诗人李白途经石门县壶瓶山，留下了"壶瓶飞瀑布，洞口落桃花"的诗句。

⑳ 山谷：宋代诗人黄庭坚，号山谷道人，被贬谪途经石门县夏家巷，留下了"蒙泉"二字，蒙泉因此而得名。

㉑ 奉天：闯王李自成禅隐夹山，称奉天玉和尚，写有梅花百咏。

㉒ 荆楚：石门县古属荆楚地区。

㉓ 渫阳：晋代曾设渫阳县治于今石门县维新镇古城堤村。

㉔ 一水东宛：一水，指澧水。三城青罗：石门县城由老城区、南城区、东城区三区组成，澧水穿城而过，如一条青罗带系在腰间。

㉕ 南乡：概指石门县境南部，有粮仓之称。西山：概指县境西北部，地下多矿藏。两河：渫水、澧水。三江：石门县城西郊的三江口水电站。

㉖ 东峰：东山峰，在石门县境西北部。

二〇一〇年九月二十三日下午3:50江南居二稿

常德西门赋

渐水现鼎，始有鼎城[①]。足立三山，门对四邻[②]。洞庭水浅，市井巷深。河停楚月，柳挽湘云。四面城廓，谁最月明？但看沅江东来，先敲故郡西门。

未入西门，其步迟迟；已入西门，其心腾腾。朝雾接丹砂之水，古巷抱光明之心[③]。天姿启蒙朗江书院，才子点斗笔架城楼[④]。日与金匾塞街，风随进士贯门。龙膺诗逼大家，丁玲文吐青春。嗣昌举众心牌坊，荣府张百年王气[⑤]。朗朗斯郡，文武星驰。云楼替西陲披甲，江风代尚书挂印，车巷为湖湘拉书，斗城给江南量文[⑥]。赢得紫河束腰，魁星冠名[⑦]。城修千载，地下有灵。井吐银光，引刘海之戏蟾；湖作白马，步司马以踏青[⑧]。秋风歇树，怕惹旧事纷纷；西门轻叩，恐惊楚国春深。

沅水码头，故友相逢，问昔日陌巷，感慨无

尽。乳燕低回，爱与屋主细语；柳絮穿风，还觅胜果园林⑨。青石小巷，夏日赤脚滑凉；夜市摊前，酒旗挑灯迎君。最恋墙头芦苇，常牵梦中乡人。

回首东风骤起，远送前朝背影。天降瑞雪，地增光明，紫阳化树，旧城登枝。一夜长衫脱尽，化作少年英俊。春日倚醉月楼头，秋月步五色街亭。举红炉以煮鳜鱼，亮丝弦而和湘声⑩。玉带桥下，碧波散步；桂桨声中，灯影曳裙。蜿明清城墙，锁洞庭清风；曲护城之波，泛北斗之星。故垒西边，弹孔吹箫，壮歌却暮，英气拱门⑪。揭云表以耸群楼，削天边以扩旧城。束晚日之高阁，举新月之天心。最忆窨子之屋⑫，百代同城，炊烟缩树，青瓦搁云，佳木重构，宛若新印。借得桃花红泥，按在西区眉心。霞铺锦绣，任凭吴楚揭去，高挂故国都门。

神圣西门，何其异乎？东门迎日，西门迎佛。门对夕阳，首闻江河涛声；路连夜幕，先得宇宙大静。仰天开云窗，地敞西角。上海城隍，台北红楼，京都北大，尽在巍巍西门。浩浩哉！洞庭不弱北海，德山不低鲁云⑬。看我常德西门，半城风月，半城古今。

注 释

① 鼎城：渐水（鼎水）东入沅，传说有"神鼎出于水中"，自宋真宗时改朗州为鼎州。

② 三山：指常德城周边的德山、太阳山、河洑山，形同三足鼎立。

③ 丹砂：西门城中原有丹砂井，相传仙人黄泰置丹砂于井中而得名，井水如赤。光明：光明巷，在西门城中。

④ 朗江书院：位于西门城中，清代沅水流域的著名书院。笔架城：位于西门城中，传说魁星点斗后将笔搁在笔架城上，因其状如笔架而得名。

⑤ 龙膺：明代武陵西城人，明江盈科有诗赞龙膺"书成三黜题孤愤，诗就千篇逼大家"，文名冠当时。丁玲：近代著名作家，出生常德西城，在西城度过童年、少年。嗣昌：杨嗣昌，明代武陵西城人，曾为明代东阁大学士兼兵部

尚书。家族传数代杨家牌坊，独杨嗣昌建城不建坊，成为美谈。荣府：荣王府，明宪宗第十三子朱佑枢受封为荣庄王，传七代，其府第在常德。

⑥　西陲：西部边境，龙膺曾三次戍边，抵御外侮，功耀当时。挂印：杨嗣昌为明代兵部尚书，以知兵闻名。

⑦　紫河：穿紫河，贯穿常德新城区。

⑧　井吐银光：指丝瓜井，位于西门城外，传说井吐白光，刘海戏金蟾的传说源于此。白马：白马湖，西门城中，唐刘禹锡被贬朗州司马后常游此湖。

⑨　胜果园林：位于大西门（清平门），明代龙膺所建。

⑩　红炉：指新建的钵子菜馆。丝弦：指新建的丝弦剧场。

⑪　故垒：指抗战时期常德保卫战至今留在西门城中的碉堡。

⑫　窨子屋：指西门城中一片有百年历史的特色木质建筑群，有方城之称。

⑬　鲁云：鲁国之云，代指鲁国文化神圣之地。

二〇一五年十月二十八日上午 11∶40 江南居三稿

沅江风光赋[1]

自古潇湘，江河汤汤。曲水三千，十万文章。知沅江独步，涛声远扬。春日作序，笔随斯水流芳。

远眺水天一色，千里澄明。河带四野，江纳百川。群山垒螺，两岸卧眉。春敷桃花，碧波不皱。夏薰香芷，急流拂尘。大河放舟，白云争先挂帆；晚风推潮，楚山乘势化澜。朝出黔桂，暮宿洞庭。晨夕往来，青罗互赠。舀长江一勺，伊水独清；钓千河之月，沅江最明。

水清如此，瑞气生焉。雪峰倒影，玉捧秀眼。武陵环列，花献桃源。凤凰啄浪，沱江吐文。河绕花溪，青出于蓝。更有陶潜来斯，梦划渔船。屈原涉江，涛声问天。善卷结庐，天下访贤。大河吹箫，尽是名士之曲；日光剪影，满目光明波澜。水何乃清？川上清风濯浪；流何以长？德山曦光铺江。嘻嘻哉！山随清烟化雾，江牵秋月步天。

看今日沅江，满腹斯文。诗书画廊，文彩赋墙。鹤山振羽，新城过江。楚人呼日，紫气踏浪。晚风漫步，夕阳流觞。观万物之更新，慕沅水以导游。瞟千秋之邈远，挽涛声以何求？浩浩兮！乘明月之扁舟，泛长河以天外。

注 释

① 常德市人民政府继中国常德诗墙后，又在沅江南岸建设了十里沅江风光带，沅江风光带和中国常德诗墙遥相呼应，成了常德市城市的最重要的文化景观。我受常德市人民政府之邀，为沅江风光带撰写了《沅江风光赋》。

《品茗赋》摘录

故国千秋，尽是英雄煮酒；江南万里，且邀日月论茶。天地清辉，唯明月与佳茗。世上知音，舍佳茗其谁？得大地清香一缕，可知天地思绪，可抱大道汤汤，可邀日月同居。

故国千秋盡是英雄煮酒
江南萬里且邀日月論茶
天地清暉唯明月與佳茗
世上知音舍佳茗其誰得
大地清香一縷可知天地
思緒可抱大道湯湯可邀
日月同居

右録品茗賦代成全月初七
在江南屋陸天夫

青墙春草

品茗赋

　　天下好茶，多出江南，武陵尤为盛焉①。夹山禅茶，西坡牛抵，百年宜红，一代银峰，占尽荆楚名山②。风传唐宋，道启扶桑，远追千古重洋③。东风绘沅澧五色，清明拥壶瓶吐翠。北散洞庭烟霞，南接潇湘夜雨。天下未芳，武陵先有茶香矣。

　　朝日半露，薄雾初开。村女负篓，采东山秀峰。臂挽青山，十指追燕。雾飘飘兮影动，日迟迟兮声喧。云鬓春芽含露，人面新叶同鲜。不知谁秀，不知孰美。天下争艳，武陵处处有佳人焉④。

　　良辰不多，佳茗难逢。时代匆忙，能无饮乎？借楚天一角，可登黄鹤⑤。抱昆山玉壶⑥，烹白云银峰。绿云袅袅，芬芳淡淡⑦。风散两岸春歌，江倾三镇灯红⑧。斯时矣，品佳茗而知天下，抱幽香而遣东流。云横庐山夜雨，心逐汉阳野鸥。两眼名利，一身浮躁，尽随一杯清茶淡去。回首满楼风云人物，皆是品茶之人。

春去夏来，更有斯君，或临清流，或坐幽篁。泉煮西山，火引松芦，捧南乡瓦缶⑨，泡北岭野毫⑩。远琼阁之红袖，谢玉台之琴音。中天明月坐禅，大块江流无声。任春花之落兮，伴夏日之悠哉。得茶禅一味，悟天人合一。其饮者何？乃无心为饮者也。斯时矣，俯仰苍茫，宇宙安在？在心与杯水之间耳。

故国千秋，尽是英雄煮酒；江南万里，且邀东风论茶。天地清辉，唯明月与佳茗。世上知音，舍佳茗其谁？得大地清香一缕，可知天地思绪，可抱大道汤汤，可邀日月同居。问江上东坡⑪，玩清风明月，与饮佳茗孰美？聊以斯文，代清茶奉诸君共品焉。

注 释

① 武陵：今湖南省常德市、张家界市的部分地区，古为武陵郡。

② 夹山禅茶，西坡牛抵，百年宜红，一代银峰：指产在武陵地区的四种名茶。荆楚：武陵地区古为九州之一的荆州，战国时属楚国。

③ 风传唐宋：湖南省石门县夹山"茶禅一味"的哲学思想产生于唐代，宋时传入日本。道：指茶道。扶桑：日本。

④ 佳人：苏东坡有"从来佳茗似佳人"之句，这里指山上生长的茶叶，又隐喻采茶女。

⑤ 黄鹤：黄鹤楼，在湖北省武汉市长江边，我国古代三大名楼之一。

⑥ 昆山：昆仑山，在新疆，多产玉。

⑦ 绿云、芬芳：形容茶泡在杯中的情景。

⑧ 三镇：指湖北省武汉市的汉口、汉阳、武昌三镇。

⑨ 南乡：虚拟的地名。瓦缶：煮茶的瓦器。

⑩ 北岭野毫：同东山秀峰、白云银峰，皆为虚拟的茶名，不具体指某种茶叶。

⑪ 东坡：苏东坡。

二〇〇三年十二月二十三日江南居五稿

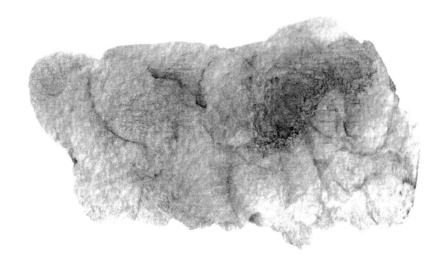

奇石赋

天下皆乐，可知石之乐乎？采石之乐，在河之洲。追江河之远，穷东阿之丘。风梳潇湘细雨，目梳武陵空谷①。举夕阳而长啸，惊野鹤兮乱舞；借浪漫于天地，换佳石兮归舟。屈原采澧水之兰，陶潜采南山之菊②，吾采九澧之石③，不知谁最乐耳？

玩石之乐，更有异乎。手抚石得日月之肌，目抚石获海天之色，心抚石识宇宙万类，神抚石知古今之变。四海风月，万古风流，尽收在小小沧海石中。江山如石，月光如水，品石如品佳茗焉。我乐何极，天地入我陋室；我乐何趣，千秋与我同庐。穷无有如我者，富无有如我者也。

米芾拜石④，古之大拜耳。四海靡靡，唯石大朴，今之君子，欲修其身，不可不拜石也。四海滔滔，唯石不言，今之智者，欲著文章，不可不拜石也。四海弱弱，唯石可补，今之志士，欲行大道，不可不拜石也。石乃奇书，不可不读也。

天虚无乃有孤月，人虚无可生孤情。孤情者则不孤独。问石复何以教我？与人交可得知己，与天交可得奇石。知己者，玩石诸君也；奇石者，天夫斯文也。

注　释

① 武陵：今湖南省常德市、张家界市的部分地区，古为武陵郡。
② 陶潜：陶渊明。
③ 九澧：湖南省石门县的别称。
④ 米芾：我国宋代著名书画家，一生爱石，遇石而拜，人称"石癫"。

二〇〇四年七月十日晚上江南居

和风楼赋

白云浩浩，地气茵茵，而生和风。

先有和风，而后有和风楼。和风楼在楚城一隅①，倚文庙，临澧水，勾瓦平墙，不足大观。然则，水接洞庭水，楼对岳阳楼，一缕清香，满楼和风，赢得岳州楼头大宋文章②；更有山抱楚天，涛填吴国，古城怀春，茶楼拥翠，和风楼翘然于此，天意独钟，赋清风于高阁，和风楼岂不亦可大观乎？

有和风楼，而后有和风品茶。三月品茗，和风绵绵，一壶春水，半壶江南，和风与茶香袅袅，客心化柳絮淡淡。人生沧海浮游，禅思总在江南。

夏日来斯，和风习习，半品佳茗，半品江山，和风举琴音渺渺，客心踏歌声颤颤。窗外潮起潮落，心寄吴国楚天。

月夜独坐，和风娟娟，江上月如盏，月下人

似茶，和风拂月光荡荡，客心追天光漫漫。万物皆为知已，邀明月坐上栏杆。

　　江流鸿雁已远，星空街灯灿烂，小城千年不老，江上和风依然。我心如壑，我身如篁，抱沧海无边，风月无边，和风无边矣。和风楼添小城和风一缕，听我歌之，文章岂能不如和风哉！

注　释

① 楚城：指石门县城。

② 岳州：岳阳古称。大宋文章：指范仲俺的《岳阳楼记》。

二〇〇五年十一月二十日下午石门江南居二稿

茶禅赋

送长江之淼淼，夕阳何为？问沧海之沉浮，白云何归？春雨蒙蒙，不知所以。望洞庭盈盈，邀四海清香；茶香袅袅，约天下之水。坐断长沙，敲玉壶而饮湘江。

宇宙因心而小，得一禅可浩渺；万籁因人而躁，抱一叶乃空灵。禅心饮茶，关四海兮天地之外，追皓月兮吴楚之间，数落花而解春梦，煮红炉而知秋声，听迟钟而悟先机，品晚茶而结早缘。东风不请，衡岳西来①，湖湘北斗，尽在楼台，一壶潇湘，半座江山。妙万物江上听雨，悟春秋云外忘形，寂心境于高阁，放形骸于清烟。新月有灵，亦惊宿鸟；红花乐道，且寻知音。江河已远，千秋之外，追唐诗宋词者，唯一叶一禅耳。

叹明月不能长饮，天意不可穷追。守清风白云，物之本性，唯茶与禅耳。悟一道而皆悟者，茶禅也。知茶与禅者，不乐则已，一乐万物皆鸣，可自得风流，随心所欲天下矣！

　　问茶禅源头，隔洞庭不远，望唐宋尤近[2]，在武陵夹山。而欲知茶禅之境，竟不知其所以云耳。

注　释

① 衡岳：衡山，五岳之一，在湖南省境内。
② 望唐宋尤近：指茶禅文化起源于我国唐宋时期。

二〇〇七年七月三十一日下午石门重大活动策划中心五稿

幽兰赋

沅有香芷，澧有幽兰[①]。圣草之邦，采采江南。划桂棹之洞庭，涉孤高以衡山。追秀色之两河，吟楚辞以千年[②]。孔子出而有王者之香，屈原放乃有兰江之舟[③]。齐鲁板桥[④]，替天种兰，两袖淡墨，人比兰瘦，不知谁为幽兰耳？

壶瓶飞瀑，武陵陈烟，溪绕巴雨，鸟鸣湘泉。白云脚下，自有芳草；流水琴中，暗香飞旋。杂野草而不伍，临急湍而未乱。沐秋高以自瘦，抱苔藓以著颜。淡妆移步，只有清风扶得；长叶透地，还须明月托香。兰无奢香，远在微风之末；草有佛心，总在秋水之巅。呵静气乃有空谷，散疏影且成流泉。清鸟声以让天雅，洁山风以得云闲。付新雨之无声，赐白雪之简炼。桃花雨洗嫣红，杨柳夜卸清烟。气凝佳人明镜，绿染骚客长髯。兰蕙绣江山双眉，清气载日月无边。深山不闭，兰不嫁人，终让千古娶去，一身素容，几缕香魂。

我本乡人，未谙草木，从王超种兰⑤，知兰花即道。掘九澧之春兰，入宜兴之紫砂⑥，置南风以小窗，立云石以翠帘。一壶清茶相许，来去从此无言。悠悠哉！阅倩影而心豁，睹花开而见性，遇黄昏以得静，近兰圃以归禅。弃新书之未读，拈一花以千卷；喟人生之未解，采一叶以知天。怀春秋兮急迫，抱心香兮从容。乐山花之无意，得大道于自然。

月中桂子，山间幽兰，天香俯仰，唯尔斯馨。去红尘无须避远，居喧嚣只要兰心。三丛芳草即可结庐，一尺素风能支青天。气凌江山还得英雄作草，香托天下常思孤心化兰。会天地当识草木，结君子先交蕙兰。兰为幽客，香乃圣意。草能识我，与天悠然！

注　释

① 屈原流放到过石门县，留下"沅有芷兮澧有兰"的诗句。

② 两河：指沅水和澧水，多产兰、芷。

③ 王者之香：孔子对兰草的赞誉。兰江：位于湖南省澧县境内，多兰草，传说屈原放逐到过这里，故名兰江。

④ 齐鲁：今山东。板桥：郑板桥，酷爱兰草。

⑤ 王超：作者友人，喜种兰草。

⑥ 宜兴：江苏省宜兴市，出产紫砂花盆。

二〇一三年一月十八日中午 12：30 石门文促会二稿

大雁赋

秋风起兮，天高云淡。苍山匍匐，长空飞雁。金风鼓翼，彩云在前。稚子雀跃，木叶飞旋。背负冷月，声叩雁门之关；羽掠洞庭，影斜衡阳之巅①。潇湘回首，大漠已远；南岭问路，平湖落雁。寒风孤旅，足践蓝天故土；隔年乡愁，梦回云海客栈。南国游子，天涯秋雁。

神光浩荡，惠及万类。雁为灵鸟，五常俱全②。雁怀纯仁，不弃羸弱。雁抱忠义，守志不移。众鸟翱翔而有雁序，露夜守寒而有雁奴。闻西风而南归，谓金秋以雁天。兹蕙草以春阴，张劲羽以秋阳。红日之上，笔墨不穷。借长天云笺，雁书"人"字。白日当空，不辨雁与"人"耳。

西风瑟瑟，吴越正黄。目游天庭，身倚危栏。雁铃涉江，惊飞武昌黄鹤；褐翅拍云，拂散滕王清烟③。回雁峰上，思远方绕树三匝；雁荡山中，阅晋唐诗人三千④。玄奘西还，佛传大雁之塔；六盘山下，风裹英雄送雁⑤。汉水之滨，孤月掌明；云梦之浦，芦花被寒⑥。三尺微霜，积高凌云之志；万重关山，锁固淡泊之心。坐扁舟以得波光，追雁字可牵长虹。秋风洗耳，为听雁啼一声；江河濯足，且追雁阵三秋。

万里独步，足无纤尘。雾海徘徊，身绝浮云。渡寒潭而影单，引朔风以声喧。霜剑断木，难折三尺羽翼；金风束腰，不瘦千古清气。瑞雪候云，抱雁翎而漫舞；红梅傲霜，仰高天以驻颜。秋色无疆，添一雁而浪漫。

吾乡不远，天生雁池。秋高雁集，至今不再。但看今日，天地鲜艳。红瓦叠楼，青山蓄翠，金橘添香，渫水凝潭。点淡烟数缕，列青峰几丛。云敞楚天空阔，雨洗巴山一新。观景台上，流云似雁，众心欲举，赤子在前。雁过留声，春秋即是候鸟；羽过留影，足痕当为雄雁。紫气渐浓，长空虚席，听我呼唤，雁兮归来！

注　释

① 雁门之关：雁门关位于山西省代县，"天下九塞，雁门为首"，雁度其间而得名。衡阳之巅：衡阳有回雁峰，伟说雁至此再不南迁。

② 五常俱全：仁、义、礼、智、信为人的五大纲常，在雁身上均有体现。

③ 武昌黄鹤：武昌有黄鹤楼，因黄鹤至此而得名。滕王清烟：南昌有滕王阁，因王勃《滕王阁序》而名传千古。

④ 雁荡山中：雁荡山位于浙江省温州市，南归秋雁多栖息于此。谢灵运等历代诗人在此留下了大量诗篇。

⑤ 大雁之塔：大雁塔位于西安市大慈恩寺内，玄奘法师从西方取经回长安后建，在此翻译佛经。六盘山下：红军长征经过六盘山，毛泽东在此写下了"天高云淡，望断南飞雁"词句。

⑥ 云梦之浦：云梦是位于湖南、湖北两省之间的古湖泊，紧邻洞庭湖。

二〇一四年十二月三十一日岁末上午 11:34 石门文促会

牡丹赋①

　　三月去后，牡丹独放。江南草长，洛阳芬芳②。四月绘色，五月描香。故国惊艳，魏紫姚黄③。汇齐鲁之缤纷，吟太白之华章④。花开而国动容，色富而民安康。红黄纷披，芳菲灿烂。故园千秋，尽随花国低昂。

　　春招烟景，夏启辰阳。花神姗姗，移步呈祥。绿裙透地，香曳洛水之波；芳鬓拂云，丽彩菏泽之乡⑤。遇倾城而回眸，接紫气以东方。红颜临风，惹长安之乱情；墨珠流波，引云梦之遐想⑥。西湖邀宠，最嫉牡丹回首；吴越争艳，奈何洛花怒放⑦。深涧幽兰，远红尘轻语；绝崖寒梅，近冰雪自赏。七彩纷呈，唯尔国色；众芳摇零，唯尔天香。东风头上，枝摇富贵之态；华夏门外，花举大国之相⑧。

　　圣意不遵，牡丹独迟⑨。出函谷不逊一色，守焦骨未减寸香⑩。怀心高以孤雅，持丽质而独秀。展东京墨玉一朵，羞骊山红云千丈⑪。品佳茗兮心静，倚翠竹兮人瘦，近牡丹兮端庄，闻芬芳兮神旷。对尔一笑，疑是红袖。染粉一指，胜佩香瓢。沾色一瓣，若衣舞裙。抱花一束，如拥丹娘。自古姿色难画，本色难工，只留得头上浩月，川上骚人，对花苦吟，未有新意，一半灵感付斜阳。

悠悠孟夏，星城盛会。品洛阳之牡丹，阅湘江之丽人。女杰花魁，相约同赏。谁堪国色？何最天香？花添一瓣则胜佳人，人增一质则胜牡丹。天姿月朗，气韵天扬。湘君之地，从来洞庭养秀；芙蓉之国，但看岳麓积香⑫。雁绕衡山不去，云追湘江流芳⑬。洋洋兮！自古最奢东风聚色，天下更奇牡丹朝凰。大美之都，听我歌唱：远观洛城，近看潇湘。

注　释

① 此赋为湖南长沙牡丹会而作。

② 洛阳是我国牡丹之都，有"洛阳牡丹甲天下"之说。

③ 魏紫姚黄：牡丹的两个珍贵花种。姚黄为花王，魏紫为花后。

④ 太白之华章：唐代李白有"云想衣裳花想容"写牡丹的诗句。

⑤ 洛水：在河南省，流经洛阳。菏泽：在山东省，自清代始菏泽有牡丹之乡的盛誉。

⑥ 红颜、墨珠：皆指牡丹。长安：今陕西西安，曾是美人荟萃之地。

⑦ 洛花：洛阳牡丹。

⑧ 大国之相：牡丹端庄大气，有国花之称。

⑨ 圣意不遵：传说武则天在长安游后苑，百花齐放，唯牡丹不开，遂贬牡丹于洛阳。

⑩ 函谷：函谷关，位于河南省灵宝市，自古为长安、洛阳的重要通道。焦骨：传说牡丹被贬洛阳后妖艳无比，武后大怒，命将牡丹火焚，牡丹烧得枝干焦黑，花朵却更加夺目，故有"焦

骨牡丹"之称。

⑪ 东京：指洛阳。唐代长安为西京，洛阳为东京。骊山：位于西安市东郊，是历代帝王佳人游览之地。

⑫ 湘君：神话传说中洞庭湖的女神娥皇、女英。

⑬ 传说大雁南飞到衡阳为止，衡山有回雁峰。

二〇一五年五月十一日凌晨 0:14 江南居

橘乡赋

采采江南，果园徜徉。后皇嘉树，在我澧阳①。地生圣果，独占气象②。长江不渡冷雪，巫山帘隔寒霜。云带三江碧水，山敞四时曦光。天怜斯土，草木芬芳。湘橘早熟，果献重阳③。

三月花开，如雪铺张。轻风徐来，万花低昂。风提素裙，影落洞庭。鸟衔芳芬，香洒衡阳。楚山夜宿花心，澧水浪泊青帐。碧叶千里，收尽江南春雨；玉面临风，照亮西子湖光。花扬三季，壶瓶敷香。乘风远嫁，天铺云床。夭夭桃红，色艳美梦吴越；灼灼橘花，枝结甜蜜潇湘。

十月橘熟，载歌载唱。秀坪献瑞，龙凤呈祥，百里果廊，珠串三湘④。橘摇风铃，柚垒云墙，千河剪枝，五湖提筐。疑星空之陨落，惊秋霞之落英。云过红唇留蜜，雁来啼声得香。风采一丘，南乡称富；云摘半篓，北国举觞。四海恋橘，其乐洋洋。远观丘岗兮，捧武陵橙黄；近采高枝兮，得红瓟秋阳。树移他乡不去，九澧即是天堂。橘为潇湘红豆，任凭天地遐想。

千古《橘颂》，唯斯独唱。贤人酿蜜，楚歌添香。花占诗魂，果赋文章。金橘押古今之韵，素花接秋水之长。德山为之凝气，芷兰为之吐芳。诗人圣果，相得益彰。东方昂首，挂金橘佛珠；携国远游，佩橘花香囊。采彼橘柚，可明天地之心；沾尔素荣，常惜日月之光。谢旷古已去远，知今秋已泊近，散红橘之请柬，聚湖海于橘乡⑤。我乐何极？呼吴楚兮，以酌花海；举橘乡兮，以照星空。

注　释

① 后皇嘉树：屈原《橘颂》诗句，赞美橘树是天地间最美好的树。

② 独占气象：石门县地处长江中游，具有柑橘生长特殊的小气候。

③ 果献重阳：石门县是全国有名的早熟蜜橘第一县。

④ 秀坪、龙凤：是石门县有名的橘园。

⑤ "请柬"句：石门县是全国有名的柑橘之乡，已连续成功举办了十五届中国柑橘节。

二〇〇五年十一月二十日下午江南居二稿

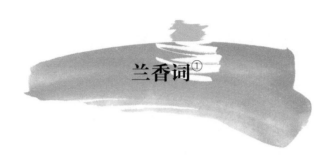

兰香词①

洞庭之滨，

多产幽兰。

灼灼清香，

藏之林泉。

千古寻觅兮，

唯尔香缘。

二月春兰，

其香清悠。

发于山谷，

散之春涧。

若幽人遇之，

则幽香幽人，

山风不辨。

四月蕙兰，

其香馥郁。
发于深林，
缭之晓烟。
若君子遇之，
则迎风沫香，
君轻如泉。

七月建兰，
其香浓艳。
发于苍水，
散之月前。
若贤人遇之，
则手牵山月，
叩拜香贤。

九月寒兰，
其香清淡。
发于秋雨，
拂之庭栏。

若佳人遇之，
则心着素妆，
煮茗相见。

冬月墨兰，
其香微甜。
发于竹林，
绕之梅园。
若士人遇之，
则捧作香帖，
临溪写兰。

澧之幽兰，
其香不远。
芳飘此水，

香披彼岸。
摘一缕故国在目，
掬一捧浩月在前。

注　释

① 湖南澧县打造兰草产业，创立了中国澧有兰之
乡，并在2018年4月3日举行了首届澧州兰文化
节，应邀为活动撰写了这篇《兰香词》。《幽兰
赋》《兰香词》《幽兰曲》并称为《幽兰三叠》。

二〇一八年三月二十三日傍晚7:00三江名都

《迎春赋》摘录

辞昆仑之天柱，
入秦人之幽洞，
点桃红大河上下，
传楚歌长城内外。
云涛之高，
射思想以北斗；
天涯之远，
穿目光以沧海。
抱桃源而疾奔，
天下追梦；
呼壶瓶于膝下，
潇湘同游。
双臂怀抱，
左右江山
携天地以迎春，
人永恒而无疆。

勾栏绪风

母校赋

　　悠悠母校①，在水一方。群峰西来填澧阳一角，碧水东蜿抱洞庭三秋，城小锁沧海之月，云薄带壶瓶之秀，此澧水之形胜也。

　　回首故国当年，正民族危亡之际，洞国②诸君，城头挥剑，江边拍栏，创学府于九澧。斯时，浪打寒窗，钟敲楚天惊雨；风送潇湘，书翻南国有声。秀云出岫，尽是芙蓉之色；白鹤鸣江，皆带楚辞之音。百年澧州③，番然成书香之地，此澧水之悠长也。甲申八月，金风拂城，学府东迁，面貌焕然。斯时矣，北仰岳阳华章④，文气沓来，批阅满园芳草；南抱岳麓书院⑤，新旧学府，托起古今湖湘。云天昂首，中衔明珠一颗；地罗三镇，高鼎慧光一炉。此一中之伟岸也。

　　杲杲母校，满庭芬香。采幽兰兮两岸，挂云帆兮三江⑥。有将军扛鼎，良臣辅国，文章贯云，俊士踏芳，一山佳木，千株栋梁。风扬不偏绿树，云散不舍故乡。人对黄花，十年童音不老；身在西风，三载师恩未瘦。吐新丝一缕，绣少年春梦。燃红烛一柱，照百年柔肠。欲低飞兮，听钟声入怀；欲高飞兮，举书声翱翔。移星斗兮，镶九澧人物；续长江兮，接沅澧红浪。

欣欣哉，心隐校门，影落云天。一声呼唤秋雁近，又踏黄叶游子归。

注　释

① 母校：湖南省石门县第一中学。

② 洞国：郑洞国，湖南省石门县人，抗日名将。
九澧：湖南省石门县的别称，石门一中前身为九澧中学，由郑洞国等人创立。

③ 澧州：石门县旧属澧州管辖。

④ 岳阳华章：范仲俺的《岳阳楼记》。

⑤ 岳麓书院：在湖南省长沙市岳麓山下，我国古代四大书院之一。

⑥ 三江：三江口，在澧水下游，石门县城西郊。

二〇一六年十二月一日上午 9:35
北京盛然快捷酒店 205 房二稿

065

迎春赋

　　流光飞逝，我心依依，守除夕之长夜，听子时之钟声。敲重霄之广宇，天卷残梦；叩东溟之洪波，海呼红日。南雁辞行，声带常德之音；沅水徘徊，浪恋源头之情。红炉夜话，尽是往日消息；不眠城郭，重温神州新闻。更忆三秋诗会，难忘十月颂橘①；霞铺云中新楼，星灿工业园区；斯时诗墙，好词如林。云楼撞钟，天河涌动；金声壮阳，人心思飞。谢光阴之宝树，弃旧岁而常青。宏波荡漾，正续大地长春。

　　钟声已邈，焰火腾云，敞故国之大厦，陈瑞雪之盛宴。三湘环列，争献早春祝辞；四水传杯，畅饮冰酿雄酒②。乱天空琼花作雨，闹江南冷雪无声。朗州卧玉，心作光明之想；鼎城不寒，地涌智慧之泉③。雪光长鸣，啼醒湘北振羽；银辉扬鞭，驱飞沅澧夜奔④。梅登新枝，预报四方佳音；雪照风流，光耀一代湘人。寒冬转少，一展玉容；春秋做寿，万花献瑞。以雪扬扬，学少年狂放；以雪纷纷，理人间思绪。欲观天象，墨点洞庭一目；诗颂吴楚，笔题飞雪千里。

万紫千红，莫负春意。邀朋友之柳湖，入垂杨之流苏，掩浮躁于波光，纵遐想于和风⑤。远闹市之追逐，融白鹭之自由。心划小桨，载喜载忧；明湖照人，亦真亦俗。一日浪漫，半部红楼⑥。举流觞以迎春，情天真而忘忧。

登枉山之碧峰，抚孤塔之彩虹，缅先贤于泉井，慕高风于青祠⑦。追齐鲁之孔子，近武陵之善卷。西楚偏僻，不减光芒；世界春色，有德自香⑧。青岭送目，阅古郡辉煌文明；江上低昂，看夹岸新鲜阳光。天下问道，遥指德山⑨。偕古今以迎春，心神圣而高扬。

辞昆仑之天柱，入秦人之幽洞⑩，点桃红大河上下，传楚歌长城内外。云涛之高，射思想以北斗；天涯之远，穿目光以沧海。抱桃源而疾奔，天下追梦；呼壶瓶于膝下，潇湘同游。双臂怀抱，左右江山。携天地以迎春，人永恒而无疆。

嗟夫！芙蓉之国，谁堪迎春之人？妖娆之乡，谁启冻雷之声？乾坤代谢，只在一瞬；时事起落，常在一刻。恒心处万物之变，壮怀在千秋之先。夜暮已淡，曙色渐微。笔舞东风，且看迎春第一枝。

注　释

① 三秋诗会：2008年9月举办的第四届中国常德诗人节。十月橘颂：2008年10月举办的中国石门柑橘节。

② 三湘：指湖南。四水：湖南省湘、资、沅、澧四条河流。

③ 朗州、鼎城：常德汉以后的历代行政称谓。

④ 湘北：常德市位于湖南省北部，自古有湘北门户之称。

⑤ 柳湖：柳叶湖，位于常德市城北。

⑥ 红楼：指我国古典文学名著《红楼梦》。

⑦ 枉山：德山。孤塔：孤峰塔，在德山。先贤、高风：代指上古时期的贤人善卷。青祠：善卷祠。

⑧ 有德自香：有民谣"常德德山山有德"，德山是"德"文化的重要发祥地。

⑨ 德山：位于常德市东郊沅水边，因上古时期善卷在此布善施德而得名。

⑩ 秦人之幽洞：桃花源中的秦人古洞。

二〇〇九年一月十七日戊子十二月二十二日

上午9：45江南居四稿

大爱赋①

　　问茫茫沧海，仁心安哉？问悠悠白云，博爱安哉？仰日月之光，有无私之照；俯大野之末，有造化之功。自古仁心，在日月左右。时有万恶，余一爱世界可亲；史传千年，载一德古今可颂。云淡淡兮，至爱无疆；水潺潺兮，大爱无声②。有爱心驰骋，天下而有大道。

　　呦呦鹿鸣，求其友声；嘤嘤鸟鸣，求其母慈；嚅嚅学子，求其爱心③。雨动容而绵绵，木动情而纷纷。天欲躬亲，化缘富余之钱；地愿身瘦，不困读书之人。夕阳沉沉，夜盼薪火；长空浩浩，云思羽翼。有余火先熔檐前之雪，有微温先暖孺子之身④。临涸掘井，点禾苗千丘⑤；近冬生火，胜红日一炉。国之士乃学子，国之音乃书声。书声琅琅，和四海波涛；爱心勃勃，托五湖龙门。有大爱则人类至大，有大爱则天下至大。

　　西安平凹云："一等人忠臣孝子，两件事读

书耕田。"⑥为国助学可谓忠臣，为书尽心可谓孝子，穷不弃志可谓读书，替天育人可谓耕田。善心如牛，立身似鞭。心无瘦地，广种可获大爱；情无薄收，小播即是丰年。有情之士，回眸今古在目；博爱之人，俯仰苍天在肩。

弹我千河，奏自然之乐；悬我一心，钓人类之爱。有歌远来兮，爱音颤颤；有歌东去兮，爱音滔滔。

注　释

① 大爱赋：此文为2009年全国慈善助学活动而作，在"夹山酒业杯"慈善助学晚会首播。

② 潺潺：水流动的声音。

③ 呦呦：鹿叫的声音。嘤嘤：鸟叫的声音。嚅嚅：人说话吞吞吐吐的声音。

④ 孺子：这里指幼儿。

⑤ 涸：水干。

⑥ 一等人忠臣孝子，两件事读书耕田：摘自贾平凹先生在女儿贾浅结婚仪式上的讲话，这是流传于我国西北民间的一副对联。

二〇〇九年七月十五日下午4:00江南居

大地赋

沉雷隆隆，载彼日光。

彩云煌煌，载彼春芳。

大地泱泱，山水呈祥。

飞银花之长天，乱柳絮之清烟，追故国之旧梦，听冰川之呼唤。秦钟晋鼓，总是黄河之声；旧诗新词，喜填潇湘之容。敞四川而抱天府，生山西而举红炉①。江南怀春，生一对吴越儿女②；北国扶强，带万千赤土高原。遣春风于大漠，接新雨于天檐。闻海涛湖广先熟③，远昆仑落日最红。凝碧血燕山不朽④，吟《离骚》湘江如带。苍天已老，黄土正肥。地善博大，风铺蓝色海疆；泥思深耕，夜鞭夕阳火牛。半捧热土，洒去八方载物；一片绿叶，招回云海花红。

原野膏膏，德被万物。手抚无边风月，肩鼎高贵头颅。洗酷暑而涌泉，掩寒冬以飞雪。袒洞庭太湖双乳，哺奶华夏⑤；托白雪红日两色，重彩神州。苍山无语，只荐大道。去鸿沟天扶汉室，捧沃土地慰豪杰⑥。四海风轻，嘱桃花小谢春泥；孤岛未归，望长峡大哭海风⑦。五色之土，神化五谷；九州之尊，气贯九重。有德五湖生香，处处绿水琼楼。

生我桑梓⑧，食我垄亩，居我青山，归我百草。逢清流而欢呼，踏黄叶而低眉。嚼尔桑葚⑨，当拜细乳之恩；掘尔野茎，应报血脉之情。黑土一杯，胜抵满屋藏书；清泉两滴，疑是凤眼传情。田芜则心生野草，地失乃天丧左邻。寸土落国家锁钥，夏播种爱国头颅。宁去我肤，不裸半亩之肌；宁去我裘⑩，不叫斗丘之寒。伤土地即是万恶，当记沙滩之数；贱资源乃为惯盗，可令蓬蒿抛骨⑪。地生万物，先育爱土之君。

左有天坛兮，祭尔上苍⑫。

右有地坛兮，祭尔后土⑬。

中有似我兮，拥大地佳人。

大地如母兮，生世界今古！

注 释

① 天府：四川古称天府之国。红炉：对我国山西煤炭基地的形容。

② 吴越：春秋战国时期的吴国和越国，在今江浙一带。

③ 湖广先熟：湖广，指湖南、湖北、广东、广西。古有"湖广熟，天下足"之说。

④ 燕山：在河北平原北侧，自古是兵家必争之地，多英雄豪杰。

⑤ 洞庭太湖：我国的两大湖泊。

⑥ 去鸿沟天扶汉室：鸿沟，古运河名（今河南荥阳东南），楚汉相争时曾划鸿沟为界，东面是楚，西面是汉。后来汉王刘邦打败项羽，建立汉朝，统一了天下。捧热土地慰豪杰：晋国内乱，晋公子重耳逃亡在外，一天经过五鹿（今河南濮阳东南），向庄稼人讨饭吃，庄稼人抓了一把土给他，随从狐偃安慰重耳，这是好的兆头。重耳流亡十九年后归国，成为春秋霸主。

⑦ 孤岛：台湾。长峡：台湾海峡。

⑧　桑梓：代指故乡。

⑨　桑葚：桑树结的果实。

⑩　裘：皮衣。

⑪　蓬蒿：泛指野草。

⑫　天坛：明清两代帝王祭天和祈祷丰年的地方，在北京市内。

⑬　地坛：明清两代帝王祭地的地方，在北京市内。

二〇〇九年十二月十一日上午 11：28 江南居四稿

太阳神赋[1]

敲穹庐兮觅尔足迹，叩江海兮问尔何方？天地不语，千古茫茫。忽忽春风，楚天朗朗，太阳之神，降我北湘[2]。

下祥云而缦缦，现真容以迟迟。托形影于绝顶，望扶桑之高岗[3]。其形也，肩似削壁，鼻如垂梁，草结浓眉，口纳天香，腰佩野鹤，足履柳浪，手捻洞庭，目衔潇湘[4]。臂扬扬若武陵之腾空，风举举若奔林之翱翔[5]。曦光委地，霞飞天堂，光旋雪峰，色晕湖湘[6]。赤脚踏青岩吐焰，长发濯沅水流光。云气呼来，松竹回荡。乐阳山之方正，播光明以无疆[7]。

于是日行八万，如飞如奔。穷星河之高，抱沧海之远。汉水捧玉台送风，桃花化丹凤朝阳[8]。驱流光而生朗州，瘦金身以铸德山。神光动指，天降五岳。红云启唇，地拥百川。山河之神，唯尔斯君。于是天乐阵阵，众仙俳徊。湘君凌波，湖带玉容[9]。神女乘雾，雨结长裙[10]。云梦束素，借微波以送步⑪。夸父追日，怀敬畏而狂奔⑫。近朝日乃见伏羲，揭彩帔而现圣人⑬。挹河汉一斗，皆是人间朝辉；裁行云三尺，尽为云中诸君。众天之神，唯尔斯君。欣欣哉！赐天下以博大，惠沅澧以至爱。鼎城如炉，不宿西风残雪；城头地暖，先扬稻花春秋⑭。与太阳同天，古今不瘦。饮甘泉而光明⑮，食黄精以长生⑯，照芙蓉而吐霞⑰，闻天鸡以飞升。

我欲朝拜，叩彼东方。楚为庙堂，湘作灵台。诵《东君》之杲杲，有新辞之昂昂⑱：欲拜始祖，祭我太阳。欲祷盘古，祀我阳光。紫气朵朵，是我炎黄⑲。东方伟伟，唯尔煌煌。中天荡荡，唯尔朗朗。祭尔圣洁，白虎白鹤⑳。祭尔圣容，澧水沅江。祭尔圣火，桃红橘红。祭尔圣德，诗人诗墙。北斗酾酒，万年祀享。金辉未央兮，追随东皇㉑。长空蔽楚兮，日鼎常德。人神不远兮，天地互仰。

浩浩乎！秋水献长天一角，江花开鲜日一轮。云水之志，总在阳光之上；赤子之心，常落红日之侧。举太阳兮东风不老，拥东君兮云海常春。

注　释

① 太阳神：太阳山，在常德市城区北郊，相传山上有太阳神，2009年发现天然的太阳神像就坐落在太阳山东麓的峭壁上。

② 北湘：常德市位于湖南省北部，有湘北门户之称。

③ 扶桑：神木名，神话中太阳出来的地方，太阳神正面对东方。

④ 野鹤：太阳山附近有白鹤山，山上多白鹤。柳浪：柳叶湖，位于太阳山脚下。

⑤ 武陵：武陵及下文的朗州、鼎城都是常德汉以后历代的行政称谓。

⑥ 雪峰：雪峰山，余脉蜿蜒于常德市境内。

⑦ 阳山：太阳山的别称。方正：明代杨嗣昌《又游梁山记》中描写太阳山的特点有"方之五岳，绝类嵩高"之句。

⑧ 汉水：长江的支流，流经湖北省境内。桃花：指桃花源。

⑨ 湘君：神话传说中洞庭湖的女神娥皇、女英。

⑩ 神女：神话中的巫山女神。

⑪ 云梦：古泽薮名，位于湖南湖北两省境内。这里代指

神话传说中的云梦女神，《武陵旧经》云"阳氏之神，云梦之神"，祀于太阳山，是太阳山的女儿神。

⑫ 夸父追日：神话传说中追赶太阳的神人。

⑬ 伏羲：伏羲及下文中的盘古，闻一多考证实为同一神祇，传说为中华民族的先祖，即太阳神。圣人：这里指屈原。

⑭ 城头：城头山，在常德市澧县境内，是我国最早的古城遗址，6000多年前就开始种植稻谷。

⑮ 甘泉：位于太阳山北麓，因泉水甘甜清洌而得名。

⑯ 黄精：又称太阳之草，太阳山地区多产，传说人吃了可以长生不老。

⑰ 芙蓉：太阳山是芙蓉花的原产地。

⑱ 《东君》：屈原流放沅湘为太阳山祭祀太阳神写的歌辞，东君指太阳神。

⑲ 炎黄：炎帝和黄帝，中华民族的祖先，是太阳神的化身。

⑳ 白虎：武陵土家族的图腾和崇拜。白鹤：太阳山附近有白鹤山，山上多白鹤。

㉑ 东皇：传说宇宙最大的神。

二〇一〇年十一月二十六日早上 6∶36 江南居二稿
搁笔于太阳东升之时

盘古赋

天地始祖，唯我盘古。生于混沌，立于大荒。时应天数，受命启萌。举神力而发舞，挥巨斧而雷鸣。扬尘埃以地裂，飞石雨以天惊。阴阳初分，首开天门①。霞光分身，万象俱生②。情萌草木，气叠昆仑。身乃宇宙，心即光明。看风月无边，皆神光纵横。越沧海而识容，近雷庭而闻声，仰星辰以驭目，抱五岳以知形。长河不远，浪飞足音。日月之侧，自有圣人。

盘古安在？问悠悠白云。且听斧声在耳，但看吴楚振奋。破天一道金光，化作万颗流星。跃起后羿射日，飞出嫦娥探月③。蚩尤孤坟射斗，骚人首发天问④。德山出尔公心，善卷步尔后尘。松涛起伏，广纳浩然之气；云豹长啸，欲添猛士之威。山川奋进，城头率先农耕⑤；草木唯新，桃花艳出仙境。河洑侧耳，尽是远古回声；阳山仰首，只见彩云追星。开天一声霹雷，惊起西楚千古风云。

祀我始祖，头叩金秋⑥。立雪峰以焚香，告五谷之丰登。降彩云以踏歌，慰英灵之晨昏。孤舟之上，九黎捧洞庭祷告⑦；云峰之巅，苗汉戴傩面赛神⑧。众岳朝拜，全是先人子孙⑨；群鹤铺路，远招圣人独行。更有屈原作歌，东皇太一；圣人朝圣，日月共鸣⑩。古今不远，精神可追。逞大勇于至德，积造化于无私。开天地之有始，经天地之无终。盘古不老，与太阳同春⑪。

盘古无疆，羽化太阳之神⑫。来者求道，再呼盘古显灵。采开天陨落之石，塑盘古昂首之尊；积千古赤子之心，还先祖雄奇之魂。崇高之天，当擎崇高之神；不朽之石，只举不朽之人⑬。云呼朝霞以绘容，风积秋水以张目。悬柳湖兮神光再现，托丽日兮盘古比肩。伟伟乎！常德祖神，中华之魂⑭。

注　释

① “首开天门”句：三国徐整《三五历记》载：“天地浑沌如鸡子，盘古生其中。万八千岁，天地开辟，阳清为天，阴浊为地。盘古在其中，一日九变，神于天，圣于地。天日高一丈，地日厚一丈，盘古日长一丈。如此万八千岁，天数极高，地数极深，盘古极长。后乃有三皇。数起于一，立于三，成于五，盛于七，处于九，故天去地九万里。”

② 万象俱生：传说盘古临死时身体化为天地万物。

③ “后羿”句：传说后羿射日、嫦娥奔月的故事都发生在太阳山。

④ 蚩尤孤坟射斗：蚩尤自古被奉为战神，太阳山脚下有蚩尤头颅冢。天问：屈原流放时作有《天问》，泄愤而问天。

⑤ 城头：城头山，在今湖南省澧县境内，是我国农耕文明的发祥地之一。

⑥ 金秋：荆楚地区农历十月十六日为盘古生日。

⑦ 九黎：古武陵地区诸少数民族的总称。九黎先民从中原跋涉南下，舟行洞庭见太阳山盘古神

现身，遂齐齐跪倒在舟筏上以祈平安。

⑧ 傩面：古迎神赛会时戴的脸谱，相传脸谱为盘古、伏羲神像。

⑨ 众岳朝拜：明杨嗣昌《梁山游记》赞颂太阳山周围群山奔涌如向太阳山朝拜。

⑩ 东皇太一：屈原《九歌》之一，有人论证为祭祀太阳神而作。圣人朝圣：指屈原和盘古。

⑪ 同春：荆楚民俗中盘古与日神同义同祭。

⑫ "羽化"句：相传太阳山的天然太阳神像是盘古的化身。

⑬ 不朽之人：太阳山用两万多立方天然巨石新垒成巨大的盘古神像，获大世界吉尼斯"中国之最"。

⑭ 常德祖神：自古常德先民一直奉盘古为祖先神、创世神。

二〇一三年三月三十日上午9:08江南居三稿

书窗剪影①

　　秋雨淅沥，沅江归舟，有女子夜读西窗。半杯茶，一卷书，满庭鸣虫。红唇轻动，香掩千行，声落帘外潮头。书和梦时重温，夜与静宜寻幽。心约黄昏，总是碧灯相逢。一张玉容，两笔黛眉，书一个秀字贴秋。天怜良辰，放飞雁敲更鼓，散落叶计滴漏。洗炎夏，有淡墨。候冬雪，有书庐。雨停，月来，剪影东壁之上。其佳人何？《诗》云：窈窕淑女，君子好逑。

注　释

① 常德市刘绍英首创中外女性图书馆，托我撰联"添香尔后托明月，红袖从今读好书"，后又托我写篇短文，为此撰写了这篇短赋。

二〇一六年四月二十九日早上 6：35 江南居二稿

思源学府序①

　　思源学府，澧水矫雁。羽丰于丙申之秋，志凌于壶瓶之巅。江启皓齿，述尔新颜。云送千窗明月，春奠百年校园。听晨钟而启蒙，闻涛声以举帆。读书当如掘井，求知尤似汲泉。童音追燕，春风在前；孺子逐鹰，红日张天。风作行云，地涌流泉；为师一日，其源悠悠。为学一日，其思绵绵。天地悠长，源之何在？在一师一卷之间耳。

注　释

① 香港林青霞夫妇热情助学，在全国投资了上百所思源学校，石门思源学校是其中之一。受校方之邀，为新落成的思源学校特撰写了这篇《思源学府序》。

二〇一六年八月六日早上 7:50 江南居

逸迏阁赋

　　海天苍苍，世事茫茫。正云山生蠹，书声渐远之时，湘人金平①，举家弘学，掷金空囊，折腰穷年，历时数载，书积层楼，至今秋创立逸迏阁，成图书巨富。一方民间书院，吾落墨之前无有，予束笔之后难逢。

　　观夫斯阁，在澧水之旁。有河东来，涛拍平湖；有峰西去，翠涌北湘。浪伏夹山，隔河钟鼓可取；云裹壶瓶，揭天飞瀑宜藏。十九峰上，雁过秋声不断；三江口边，霞送晚日渡江②。云帆两岸，看逸迏读雪，武陵掌灯，明月添香。

　　会朝霞以登楼，晨光独秀。书叠春山，若隐竹篁。古墨生辉，清气绕梁。卷开日出，人影乱墙。有杏坛之树，枝蔽讲台③；有汉唐之风，叶飘西窗。未泛五湖兮，已在兰舟；未见古月兮，已会老庄④。登斯楼如入名山，踏书香而身外皆忘。

　　及黄昏以登楼，有声悠扬。月中低吟，随花

不落。风前细语，遇寒不僵。明灯之下，细虫轻唱。蕉雨之夜，檐边书声不绝；霜草之晨，卷中鹤影成行。童音琅琅兮，以为早潮；女声娟娟兮，疑为凤凰。登斯楼如泛洞庭，拥书声而心怡神旷。

嗟乎！亦忧亦喜哉。疏林之下，仍有碧草。荒丘之野，喜得泉香。不叫秋老，快栽常青之木；勿让江瘦，速令书声化浪。著新篇还温旧梦，读旧书当用新声。入书斋老不还俗，遇好书永不弃舟。云烟渺渺，吾辈何求？大地湖多，只饮碧波半勺；学海水浅，愿倾天河一瓢。

注　释

① 金平：高金平，湖南省石门县人，坚持数十年藏书达四十万册，所创逸迩阁书院被认定为全国最大的民间图书馆。

② 十九峰：澧水南岸的群山，在逸迩阁的南面。三江口：澧水和溇水的交汇处，在逸迩阁的西面。

③ 杏坛：在山东曲阜孔庙内，相传为孔子聚徒授业讲学的地方。

④ 老庄：春秋时期的老子和战国时期的庄子，道家思想的创始人，并称"老庄"。

二〇一八年九月二十五日下午 5：20 江南居四稿

《世界善德公约》摘录

泱泱华夏，文明之邦。万物载德，日月载光。水有善德，大河浩浩。山有善德，万木苍苍。行善之本，积以仁心。为德之风，悬以国梁。至高之境，勿负天意。为圣之道，出于平常。素洁之身，不殄万物。非常之书，贵在自强。

摘录世界善德公约戊戌冬月张天夫

檐前雨声

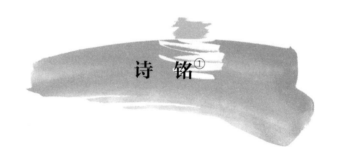

诗 铭①

　　诗入史可千秋，诗入心乃无年。江山无穷，诗可胜也；风月无边，诗可勺也。《诗经》烁古，唐诗绝唱，宋词独出，不绝滔滔。步神韵于日月，合平仄以春秋，天赐四海，诗当取矣。新诗半在潇湘，大笔当助乾坤。牧吴楚而得佳句，追天真且作诗人。斯是小墙，亦足以诵，亦足以观耳。

注　释

① 石门县在老干活动中心建有诗墙数百米，上面镌刻着由今人书写的历代咏石门的诗词作品数百首，特撰《诗铭》作为诗墙的前言。

二〇〇八年五月十四日下午5：15
石门重大活动策划中心二稿

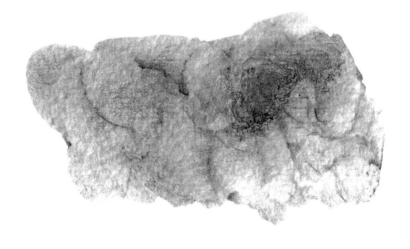

税　赋

　　税者，国之江河。来之悠远，去之无际。渺渺兮似黄河，乘我华夏；坦坦兮如长江，载我国运①。河行大地，地倾以奔腾；税行大地，政善而畅流。星绕南北之轨，河朝东西之向。万物皆序，千秋有象。水之道也，税之道也。

　　税政之事，贵在开源。若杲杲之日必有广宇，如涓涓之泉定有深涧②。凿井不深，小汲则水枯③；积云不厚，骤降即雨干。云善养而生清风，山能蓄而涌大泽。积贫生于近利，累富出于广源。海不持大，抱万家灯火；山不自高，系百条细流。河之源，发乎崇岭；税之源，发乎民心。

　　德行天下，税德在先。阳光不遗，只为天存公心；海水不瘦，皆因地怀博爱。税欲取之，惴惴如临沧海，取一勺宜慎之④；税需用之，圣圣如临风月，取一缕宜酌之⑤。税若惜之，翼翼如临茂林，取一木宜吝之⑥。万物皆税，唯德不征。以善德临天下，税同江河归焉。

千秋难识者，税也；千秋难写者，税也。能借天下而楷书者，当代税人耳。赋税一体，能用赋而咏税者，唯此《税赋》耳。

注 释

① 坦坦：宽而平的样子。

② 杲杲：很明亮的样子。涓涓：细水慢流的样子。

③ 汲：从井里打水。

④ 惴惴：小心谨慎的样子。勺：舀水的小瓢。

⑤ 圣圣：崇高而郑重的样子。缕：一丝或一片。酌：斟酌。

⑥ 翼翼：严肃谨慎。吝：吝啬，过分爱惜自己的财物。

二〇〇九年六月三十日上午9：30 江南居

常德报业赋

　　河传楚歌，山颂圣德①，东风续新，更赐常德报业。时序三月，云集星斗②。追沅水重温旧稿，阅春秋常忆《滨湖》③。采兰芷草凝墨香，迎曙光江涌报声④。纸可载舟，泊近天河不远；笔能跨江，横渡寒夜无数。觅紫燕故馆，访柳湖新社⑤，看洞庭泼墨，扬芦纸飞雪⑥。展斯报，现江天一色，带万河奔流。

　　汤汤兮！天高云薄，残冬搁浅，万千文字，尽在春头。诱原野化蝶，催园区吐焰。播德山之云鹤，辑桃源之佳梦。墨积武陵青山，文张沅澧秋风。古城杏花，已是往年消息；早春芙蓉，刷亮每日新闻。仿朝霞之彩印，落晚日之重笔。柳湖文字青铜难铸，沅水声音金钟难敲。喜鹊登枝，总在刊头；大雁惊雨，先滋报人。登斯社，近观岳阳文章⑦；挥斯毫，远题湖湘星辰。半版风月，一卷人心，八百浪潮，三千城池，全凭一纸呼来。

洋洋兮，月衔朝日，水继东流。铅火已邈，纸笔渐瘦⑧。有网络代天，日报替云⑨。穹庐似井，众媒涌动⑩。共天地之心境，学江山之创意。校银河之新版，采沧海之要闻。摘太阳以文胆，步明月以从容⑪。囊萤之光，陋室之铭，铸我屈子风骨⑫；太白之湖，笔架之城，壮我宋玉才气⑬。搁笔难，总得文载千秋；创业艰，敢为吴楚一足。掌寸心长燃明灯，折细腰甘做报奴。浩浩哉！湘军添沅水一羽，岳麓避常德一头⑭。江南鼎州，报业红炉。举长天兮远观，抱大河兮风流。

注　释

① 圣德：上古贤人善卷隐居德山，故德山有圣德之称。

② 时序三月：常德报业集团于2011年3月成立。星斗：代指报业集团的全体员工。

③ 旧稿：指常德辉煌的报业历史。《滨湖》：1949年常德解放，同年12月创刊了《滨湖日报》。

④ 曙光：意指解放，《滨湖日报》和新中国是同时诞生的。

⑤ 紫燕故馆：常德日报前身的报社。柳湖新社：今天的常德日报社位于柳叶湖边。

⑥ 洞庭：洞庭湖，部分湖在常德市境内。芦纸：洞庭湖盛产芦苇，是造纸的天然资源。

⑦ 岳阳文章：岳阳楼上面的北宋范仲淹的《岳阳楼记》。

⑧ 铅火已邈：1992年常德日报社实现激光照排，告别了铅与火。纸笔渐瘦：2005年常德日报社启用北大方正采编系统，采编人员告别了纸与笔。

⑨ 网络代天：2006年常德日报社开通了尚一网，形成了立体传媒。

⑩ 众媒涌动：常德报业集团已拥有日报、晚报、《资深》杂志、尚一网、尚一创意、桃花源大剧场等众多媒体。

⑪ 太阳：指太阳神，相传常德市城区北郊太阳山上有太阳神。

⑫ 囊萤之光：东晋车胤，常德市澧县人，因家贫囊萤照读，成千古佳话。陋室之铭：唐代诗人刘禹锡，在常德任朗州司马十年，传说《陋室铭》写于常德。

⑬ 太白之湖：太白湖位于常德市汉寿县西湖垸内，因唐朝诗人李白曾来此游览赋诗而得名。宋玉：战国时期楚国著名辞赋家，死后葬于常德市临澧县浴溪。

⑭ 湘军：对湖南思想文化队伍的美称。岳麓：岳麓山，位于长沙市湘江西岸。

二〇一一年二月二十八日晚上 8：52 江南居

晖园赋①

　　十九峰麓有新楼临风，名晖园。

　　晖园间于农舍可以足观，跻于市井且亦平凡。然则，前有澧水载舸，后有群峦负天，坦坦沃野，如案在怀。更二月黄花覆路，七月稻香卧泥，金秋塞门，瑞雪堆楼，尽是一川淡烟织成，临窗高挂。侧首仰望，有紫和寺，钟声频传如日流金，禅音断续似月化澜。立霞光峰作莲花，坐紫气一团。晖园其中，借天地而大矣。

　　出庭门眺望，城市不远，两岸灯火，一山新雨遮淡。蛙鸣池塘，蝉噪疏林，好风掳心不去，佳书当友常谈。横笔管以接小路，移卧榻而封深山。去浮名之弱溪，薄尘嚣于炊烟。秋色渐黄，素心依然。偎青山之怀，日月常观，天思文章，即时可诵。启来者而生辉，积仁心以代日。斯时晖园，杲杲兮。

注　释

① 晖园，位于澧水南岸十九峰北麓，是一处有特色的民宅建筑群，经友人出面相约，特为该园撰《晖园赋》。

二〇一三年十二月十五日下午 1∶30 江南居

武陵财富赋

　　夜观天象，北斗倾焉。西楚之地，紫气盘旋。

　　湘北洞开，财涌门檐。太浮匆匆，肩挑两河稻菽；太青悠悠，背负十万茶园①。洞庭汤汤，一湖锦鳞。九澧杲杲，五土生焰②。秋挽朝霞橘篓，河抱夏日酒坛。壶瓶飞瀑，水吟太白之诗；柳湖凝绿，浪接清河长卷③。湖水一勺，飞渔歌三曲；阳山一石，传楚辞千言。鸥拍沅江，山舞霓裳；河穿小巷，城系紫带④。衡庐闭独秀之门，汉池下粮仓之圃。看鼎州殷实，月戴金指，江披罗衫。

　　一方财气，系千秋德缘。善卷躬耕，植孤峰而云贵；屈子怀乡，涉沧浪而水贤。五湖大收，犁启城头垅亩⑤；九州佳梦，心枕魏晋桃源。点星斗有渔父，宴湘君有丁玲。雨衔司马竹枝，江涌宋玉楚赋⑥。半寸熟土，十滴壮士之血；一片秀水，数双圣人之眼。心乃良田，财即草木。种德一丘，收粟万斛之上；得道五尺，系富三代之外。厚德载物者，唯武陵山川。

笔架城头，秋气渐远。临风欲语，在江潮之前。秀林之风，未知先后。积山之土，无有贵贱。向阳之树，先着绿色。虚怀之谷，易生碧潭。载荷之舟，心浅行之不远；伐山之斧，欲旺林将毁焉。上苍怜物，世风靡靡，听蝉鸣秋，我心惭赧⑦。惜秋风不敢宽袖，赏春月只卷半帘。勤天下还得素心，用天下当须小盏。

浩浩哉！楚天之末，举财富大厦；沅水之侧，涌心之爱泉。更不舍重墨，散积富之说。此谓何者？鼎州照耀先生也。

注　释

① 太浮：太浮山，在临澧县境内，坐落在沅水、澧水之间。太青：澧县太青山，盛产茶叶。

② 九澧：澧水流域，矿藏丰富。

③ 清河：指宋代张择端的《清明上河图》。

④ 紫带：横穿常德市城区的穿紫河。

⑤ 城头：澧县城头山，是稻作之源。

⑥ 司马：唐代诗人刘禹锡，曾贬为朗州司马，创作有竹枝词。

⑦ 听蝉鸣秋：蝉一生高洁，餐风饮露，称至德之虫。

二〇一五年九月十一日上午9:28江南居二稿

孝山百字铭^①

孝山堂，供吾神。

举孝道，有古训。

书要读，田要耕。

子欲养，林必亲。

家贵和，山贵静。

亲乡里，树为邻。

慢生火，少伐薪。

惜旧屋，多蓄林。

戒狩猎，百兽庆。

族万年，有鸟声。

一寸木，一寸金。

金难买，门前青。

鸟宿树，人宿心。

地长久，德为根。

敬父母，乃人君。

孝天地，为至圣。

注　释

① 湖南省石门县境内的壶瓶山有湖南屋脊之称，山麓有原始村落北溪河，北溪河民风纯朴，生态保护好，特为此首创了中华孝山文化，并在北溪河建立了孝山堂、孝山坛，撰写了此文《孝山百字铭》。

二〇一五年十二月八日下午 4：17 江南居

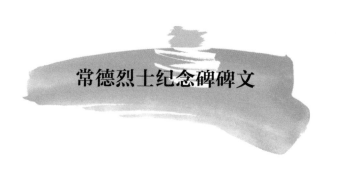

常德烈士纪念碑碑文

西楚常德，自古壮观。北有洞庭波涌，南有武陵蜿蜒，东仰枉山载德①，西眺壶瓶擎天。眉扬而色染潇湘，声啸而气贯中原。自古有雄浑之气，风云人物多会于此。

青山悠悠，奇峰兀兀。自鸦片战争，常德儿女前仆后继，舍身报国。湘鄂山中，赤旗舞龙；山河断处，古城拔剑②。数千壮士化作忠魂，万千躯体铸成山川。寸土之下，皆是热血；尺云之外，时见英容。江山风流，得血染桃花；青史殷富，有志士问天。楚日凌空，满面英雄本色；沅澧飞奔，两幅忠诚长卷。再续《汉书》，点太浮足迹；新著楚辞，蘸南乡烽烟③。兴建斯园，为英雄卧榻；敬立巨石，树千古浩然。

烈士长忆，当怀寸草之心；脚步常追，但学长江波澜。英灵不远，日月在前。天举柳湖，群英归焉。星斗其文，江河其喧；永垂不朽，与天灿烂！

注 释

① 枉山：德山古时又称枉山。

② 湘鄂山中，赤旗舞龙：南昌起义后，贺龙等领导工农武装在湖南、湖北边境创建了湘鄂边革命根据地。山河断处，古城拔剑：指抗战时期的常德保卫战。

③ 太浮、南乡：1928年2月至8月上旬，湘西特委领导了石门南乡暴动，并形成了以太浮山为中心的根据地。

二〇一六年八月二十一日下午4:26 江南居

世界善德公约

泱泱华夏，文明之邦。

万物载德，日月载光。

水有善德，大河浩浩。

山有善德，万木苍苍。

行善之本，积以仁心。

为德之风，悬以国梁。

至高之境，勿负天意。

为圣之道，出于平常。

素洁之身，不殄万物。

非常之书，贵在自强。

善莫大于，兼济天下。

德莫高于，志不彷徨。

上善若水，处常不争。

至德如山，崇高为上。

善始善终，初心不泯。

先忧后乐，大道远扬。

天高只悬，有德之星。

地大只播，善者之香。

四海相通，唯有善音。

五洲相识，且观福相。

世界公约，惟此惟大。

善落惠墨，德盖红章。

善兮德兮，千秋煌煌。

注　释

2016年12月10日上午，在首都人民大会堂金色大厅举行"中国国际文化传播中心善德文化发展委员会成立暨中华善德网上线启动仪式"，为此撰写了《世界善德公约》。在启动仪式上有30多个国家友人，600多名中外与会代表在"世界善德公约长卷"上签字，同时，把《世界善德公约》印制在大会《善行四海德泽五洲》宣传册上，向全世界传播，并作为今后对外交流的文化名片。

二〇一六年十一月二十四日下午3：11江南居五稿

篆刻赋①

知篆刻所来乎？雷电裂空，江河行地，此宇宙洪荒之篆刻也。山举红日，江潜明月，乃乾坤朱白之文也。长风琢海，天授刀法。彗星飞雨，神传笔意。世有篆刻，天地可为师焉。

殷商不远，古都藏玄②。龟为寿纸，玉乃古笺③。书源甲骨，文起金石。刀拜笔祖，泥举池砚。半寸方玉，一只佛眼。刀追岁月兮，玉屑替雪；心作孺牛兮，顽石当田。汉水可雕琢兮，史传汉楚；衡山可雕琢兮，天布鸿雁。桃花为红泥兮，钤春日于天边。

天若浩浩，必盖云图。地若悠悠，须添晚澜。心有纵横，万物归焉。赤松虬枝，犹似凌空朱印；红梅倒影，疑是图戳流泉。天有秋月之闲章，国有泰山之玉玺。镂贤心一颗，可作良臣；镌神品一方，可点苍烟。天琢星辰，国琢江山，月琢佳人，水琢慧眼。能琢仁德方称大匠，能琢天意且

114

为巨篆。无心求石，寿山不朽④。有意攻玉，蓝田生烟⑤。千古佩玉，最是刻石一枚。

方寸之内，藏深浅之妙。阴阳之道，在凹凸之间。苏州文彭，印掌两扇吴门；西泠印社，章锁千顷湖烟⑥。今沅水之滨，有金错刀行⑦，首刊太极肖形印谱，新绘江永女书字印，更有奥运会徽，借尔刀光创意，笑傲六十春秋，刊出洞庭一面。秋水悠悠，金刀长鸣，月下金刀何者？武陵冬友然也。

注　释

① 篆刻赋：中国书法篆刻历史悠久，但自古无《篆刻赋》，讫今为止，此篇为古今第一篇《篆刻赋》。

② 殷商不远，古都藏玄：殷商是中国第一个有文字记载的朝代，商朝金文和安阳出土的甲骨文，是中国发现最早的成系统的文字符号。

③ 龟为寿纸：甲骨文镌刻都用龟的底板为材料。

玉为古笈：古人篆刻多用玉石为材料。

④ 寿山：寿山石，产福建福州寿山乡，治印佳石。

⑤ 蓝田生烟：陕西蓝田县盛产蓝田玉，蓝田玉与和田玉、岫玉、南阳玉并称我国四大名玉。晚唐诗人李商隐在《锦瑟》诗中有"蓝田日暖玉生烟"之句。

⑥ 苏州文彭：文彭，明代篆刻家，江苏苏州人，被后人尊为文人篆刻的鼻祖，开创了"吴门印派"。西泠印社：位于杭州西湖孤山南麓，创建于1904年，是成立最早的金石篆刻专业学术团体，有"天下第一名社"之誉。

⑦ 金错刀行：今常德篆刻家赵冬有的斋名。

二〇一七年八月九日下午 6:47 江南居二稿

116

常德老区记

　　革命骤起，风云巨变，天降大任，令常德高举烽烟。今江流已远，往事凝烟，立巨碑白马湖畔，青石碧血，借湖光展壮歌一卷。

　　西楚常德，山川持雄。两河抱日，提武陵雪峰；一湖吞江，衔湘鄂川黔。峰三千而剑出，水八百而龙吟。秉赋好强，天性革命。胆气纵横，自古浩然。

　　回首当年，风雨如磐，民主革命，有武陵巨篇。洞庭风急，劲扫晚清残叶；沅江水汹，浪追五四狂澜。鼎城青墙，勇握南拳。澧阳平原，敢继东山。工农奋起，城乡呐喊。声援罢工，三街闭市。义援北伐，四门拔剑。更有首个农民协会，弄潮沧浪之巅①。山戴红袖，林扬赤幡，沉雷跃起，横扫腐残。齐鲁惊呼，三户之地，敢领黄河之先。

　　危难之际，有武陵力挽狂澜。追南昌枪声，

重振深山。血洗白色恐怖，枪挑清乡狼烟。登高一呼，秋收年关暴动②。揭竿而起，文甲南乡云卷③。举太浮直插苍茫，推澧水猛淹东南④。夜煅红星，新铸徐溶熙苏维埃⑤。火炼四秋，铁打石门苏区群山⑥。万古止斯，唤醒土地无数。百代至今，披甲青山十万。长缨化流，涌出红军铁马⑦。黄土托云，崛起农奴政权。急走洪湖，臂挽井岗，创立湘鄂西根据地，硝烟捕匪，弹穿重围，枪声架空长江南岸⑧。鏖战酉水，策应中央，连片湘鄂川黔，手勒追兵，旗指陕北，草鞋提剑光耀雪山⑨。巍巍哉！历史运数，几握楚人之手；民族存亡，半搁老区双肩。听长城惊雷，英气出鞘，再赴国难。

呆呆星空，何以灿烂。广袤神州，尤苦湘土。人间血雨，最酣楚山。踏寸泥，地冒头颅。触冷风，草卷烈焰。然，万千男儿扑地，百里荒山纵火，刀锋舐血，余楚一人仍昂苍天。野草萋萋，忠骨难掩。黄鳌、锦斋，渴饮流弹⑩。寿山、庆萱，笑迎刀寒⑪。沅澧乃革命风水，桃源渔父，商溪尔琢，扑汤他乡亦为鬼雄⑫。长夜如漆，巨星灼灼，前有辛亥三杰⑬，后有云中贺龙，凌空横目，逼退三重黑暗。

白云悠悠，青山淡淡，今欲问天，一问三叹。一方故郡，何来贫壤射斗？两江奇峰，怎会凌空断腕？德高千仞，能革命可谓至德。一日不革命，常德何从？半日不流血，英雄安在？读青史，目借烽火；忆革命，心怀苦难。江山欲久，在国魂不朽；国之若安，在天下为先。嗟乎！举日月齐眉，看昨日老区，今日常德！

注 释

① 首个农民协会：指汉寿县农民协会，成立于1926年9月，是常德乃至全省第一个县级农民协会。

② 秋收年关暴动：分别指1927年9月的秋收暴动，1927年的农历腊月到1928年农历正月的年关暴动。是1927年中共"八七"会议后，常德各县地方党组织领导的反击"清乡"、打击反动团防武装、打倒地主豪坤、恢复农民协会的小规模武装暴动。

③ 文甲南乡云卷：文甲起义，1927年9月在常德县文甲区举行的一次武装起义，是常德各县秋收暴动中规模较大的一次。南乡起义，指1928年5月初到8月中旬中共石门县委在石门南乡（辖石门盘石、花薮、白洋、蒙泉、福田五乡）组织领导的规模较大的武装起义。并建立了常德第一支共产党领导的军队——湘西工农革命军第四支队。

④ "举太浮直插苍茫"句：石门南乡起义后，形成了以太浮山为中心的纵横100多公里的根据地。

⑤ 徐溶熙苏维埃：成立于1927年11月7日的桃源县

东乡，是湘西北建立最早的红色政权，比江西瑞金中央苏维埃临时政府整整早了四年。

⑥ 石门苏区：创建于1928年5月至1932年2月，先后约四年时间，是湘鄂西革命根据地的主要苏区县。

⑦ 涌出红军铁马：常德农民武装是红二、六军军团的重要兵源。

⑧ 湘鄂西根据地：1928年南昌起义后创建，是第二次国内革命战争时期三大红色根据地之一。

⑨ 连片湘鄂川黔：指湘鄂川黔革命根据地，1934年10月创建，活跃在湘鄂川黔边境，常德是其中一部分。1936年春，红二、六军团长征北渡金沙江后，历时两年的湘鄂川黔革命根据地不复存在，这块根据地是土地革命时期长江南岸最大也是最后的一块根据地。为策应中央红军的长征，牵制了敌军30多万。

⑩ 黄鳌、锦斋：黄鳌，湖南临澧县人，任中国工农革命军第四军参谋长，1928年9月在石门山区指挥军队直属队作战时牺牲，年仅26岁。锦斋，贺锦斋，湖南桑植县人，任中国工农革命军第四军第一师师长，1928年9月为掩护贺龙大部队撤退，牺牲在石门泥沙，年仅27岁。

⑪ 寿山、庆萱：寿山，陈寿山，湖南石门县人，任中国工农革命军第六军副军长，1929年8月在指挥部队突围时，不幸被俘，惨遭敌人杀害，年仅27岁。庆萱，曾庆萱，湖南石门县人，1928年5月任中共石门县委书记，因敌突袭"围剿"，受伤被俘，1928年10月在石门县城蒋家洲惨遭敌人杀害，年仅27岁。

⑫ 渔父、尔琢：渔父，宋教仁，湖南桃源县人，民主革命的先行者，1913年被暗杀于上海，年仅31岁。尔琢，王尔琢，湖南石门县人，任中国工农革命军第四军参谋长兼28团团长，1928年8月，在井岗山率队追赶叛逃的第28军2营途中被叛变的营长袁崇全枪杀，年仅25岁。

⑬ 辛亥三杰：指反清斗士宋教仁、蒋翊武、刘曼基。

吐珠增辉

评论文章选

古风新韵

李元洛

如同一株葱茏的绿树必然有丰沃的土壤，当代的散文作者，如果希望自己的作品木秀于林，除了有思想有生活等等必具的条件之外，还应该具备相当的"国学"或者说"古典文学"的修养。张天夫虽僻处石门一隅，但他的散文却可圈可点，精神气韵上通唐宋大家与明清小品，遣词行文也可见对古典诗文的讽诵涵咏之功，其优秀之作绝不逊于当红的某些名家。

古风新韵，他的"另类"作品《品茗赋》与《奇石赋》，就是明证与实证。

"赋"，本是中国传统文学中的一种特殊文体，非文非诗而又亦文亦诗，其源头是《诗经》与楚辞，至汉代而成为文学正宗，之后汉魏六朝的抒情小赋如清风徐来，唐代的律赋似群芳吐艳。今日众多的作者作家，熟知熟读几篇名赋的已经寥寥，能执笔为赋的更是凤毛麟角，不料张天夫竟承

126

此"绝学"，并且练成这独门"绝技"，就像他的现代散文一样，同样惊喜了我耽读的眼睛。

古人以赋咏茶，最早的是晋代杜育的《荈（chuǎn）赋》，"荈"者，茶也；更有名的是唐诗人顾况的同题之作。至于"石"，南朝陈时的陈正见作《石赋》于先，唐代书法大家李邕作《石赋》于后，他们先后为石"树碑立传"。上述先贤当然想不到千百年之后还会后继有人，当今的张天夫虽远绍古代的馨香，但他当然会想到要与时俱进，不仅不能重复古人，甚至也不能成为古人的遥远的回声，而要有新的发展与创造，如同今日堪称优秀的旧体诗词，沿用的是传统的形式，内容和语言都必须创新。张天夫的"茗""石"二赋，字句整齐而错综，词藻华美而精炼，音律和谐而变化，颇得赋这一文学体裁的形式美的要旨。尤为可贵的是，他能将"缘情体物"与"咏物言志"结合起来，而且使这种古老的文学载体具有强烈的现代感而获得新的生命力。《奇石赋》中，"乐"与"奇"乃一篇之"文眼"，作者由"九澧之石",生发出"我乐何极,天地入我陋室;我乐何趣,千秋与我同庐。穷无有如我者,富无有如我者也"的议论,而结尾之"与人交可得知己,与天交可得奇石。知己者,玩石诸君也;奇石者,天夫斯文也",既可说是篇末点题,使"奇石"之意更为显豁,更可谓是卒章显其志,作者的自信与自许也跃然纸上。《品茗赋》亦复如此,只是此文在铺写武陵的茶色茶香之中,更多哲理与禅意,如"斯时也,俯仰苍茫,宇宙安在?在心与杯水之间耳",如"聊以斯文,代清茶奉诸君共品焉",均足令人寻味。

在雪花已飞而春花将放之日,在辞旧岁而迎新年之时,我读张天夫颇具新意的"茗""石"二赋,也如品佳茗,如玩美石。

（作者李元洛,系当代中国著名诗论家、散文家）

二○○五年一月十五日长沙

读天夫赋而生"气"

张耀南

吾兄天夫撰《常德赋》，丁亥腊月十七日刊于《光明日报》四版，耀南读之而生"气"焉。

一生"登高之气"。"控引巴蜀，襟带洞庭。敞东南而望衡庐，倾西北以抱四塞。""江山西来，霞送武陵奇峰；大河东去，浪挽长江归舟。""举河汉兮摘明珠一串，挂孤峰之巅；呼雷雨兮折彩虹一缕，拱湘北门户。"此均"如久雨初晴，登高山而望旷野"之句也。

再生"望远之气"。"魏晋不远，桃花未瘦，乃世外桃源，游人忘踪；圣贤留芳，晚岚未收，有善卷德山，云过垂袖。""楚国风骚"，"屈宋文章"，"太白醉酒"，"刘郎踏歌"，"今日胜区，经得吴楚千古明月一顾"。此均"如楼俯大江，独坐明窗净几之下而可以远眺"之句也。

三生"超凡之气"。"沅澧汤汤，多屈子怀

乡去国之恨；云水浩浩，扬文正先忧后乐之仁。江流如梦，何曾山河依旧，但看朝阳如炉。""彩云飞渡，岂在清风明月之间。栏杆拍遍，看大地载德。""长风过楚兮平湖滔滔，日月过楚兮天地煌煌，德润大地兮山川不朽，德行天下兮武陵风流。"此均"如英雄侠士，褐裘而来，绝无龌龊猥鄙之态"之句也。

湘乡曾文正公以"气"论文，以"登高山而望旷野""可以远眺""绝无龌龊猥鄙之态"为文章"气象光明俊伟"之三象。耀南读天夫《常德赋》，觉其有"登高山而望旷野"之象，故生"登高之气"；觉其有"可以远眺"之象，故生"望远之气"；觉其"绝无龌龊猥鄙之态"，故生"超凡之气"。 天夫之文得此三象，"大抵得于天授"？！

有此三象之文，固曾文正公所谓"气象光明俊伟"之文也；由此三象而生"三气"，不亦更可收"荡气回肠"之效欤！

故曰：耀南读天夫赋而生"气"焉！

按：耀南生"气"源于曾文正公清同治十二年（1873），湘乡曾文正公成《鸣原堂论文》，其论王守仁《申明赏罚以厉人心疏》之结语云：

文章之道，以气象光明俊伟为最难而可贵。如久雨初晴，登高山而望旷野；如楼俯大江，独坐明窗净几之下而可以远眺；如英雄侠士，裼裘而来，绝无龌龊猥鄙之态。此三者皆光明俊伟之象。文中有此气象者，大抵得于天授，不尽关乎学术。自孟子、韩子而外，惟贾生及陆敬舆、苏子瞻得此气象最多。阳明之文，亦有光明俊伟之象，虽辞旨不甚渊雅，而其轩爽洞达，如与晓事人语，表里粲然，中边俱彻，固自不可几及也。

曾公所赞贾生、陆敬舆、苏子瞻诸人，均为著名赋家。贾生（谊）被贬长沙，写出《吊屈原赋》《鵩鸟赋》《旱云赋》，千古传诵，三十三岁忧郁而死；苏子瞻（轼）被贬黄州，写出《前赤壁赋》《后赤壁赋》《黠鼠赋》，前无古人，后无来者；陆敬舆（贽）被贬忠州，留下二十二卷《陆宣公翰苑集》，五十岁卒于贬所。

"气象光明俊伟"之赋，赖以上诸公而脉络不坠，亦赖天夫《常德赋》而一脉相延矣！

（作者张耀南，系北京大学哲学博士、教授）

二〇〇八年二月二日 18:35 起，21:20 迄，
北京西城三塔寺

读天夫赋而长太息

张耀南

常德有沅江，曾有三闾大夫屈原行吟江畔，颜色憔悴，形容枯槁。感叹"浩浩沅湘兮，分流汩兮，修路幽拂兮，道远忽兮"，"举世混浊而我独清，众人皆醉而我独醒"，不愿"随其流而扬其波"，不愿"餔其糟而啜其醨"，不愿"以皓皓之白而蒙世俗之温蠖"。是时距今二千二百八十六年。时光如此其倏忽，人命如此其脆弱，此耀南读天夫《常德赋》而长太息者一也。

常德有桃花源，曾有"靖节先生"陶潜写出著名的《桃花源记》，惦念着"土地平旷，屋舍俨然，有良田美池桑竹之属，阡陌交通，鸡犬相闻"之生活场景，以及"不知有汉，无论魏晋"之宁静悠闲，还有那一分"遂迷，不复得路"、"欣然亲往，未果"的淡淡哀伤。是时距今一千五百八十年。梦如此其清晰，寻梦如此其艰难，此耀南读天夫《常德赋》而长太息者二也。

常德有药山，曾有"弘道大师"惟俨韩氏在那里广开法筵，大振马祖宗风。夜登山径，云开月现，朗声大笑，远传澧阳东百里。朗州刺史李翱赠其诗："选得幽居惬野情，终年无送亦无迎。有时直上孤峰顶，月下披云笑一声。"李受启于药山而著《复性书》，以禅释儒，肇"宋明道学"之端。是时距今一千一百七十年。所居如此其野僻，所思如此其前卫，思想创造未必尽出闹市，此耀南读天夫《常德赋》而长太息者三也。

常德有德山，曾有"见性大师"宣鉴周氏应武陵太守薛廷望坚请，在那里弘法。棒打天下衲子，道风险峻，别出沩山、洞山、临济之外，而成一家言，谓之"德山棒"。与"临济喝"并称"棒喝"，成为中华文明"口头语"。临终但言："扪空追响，劳汝心神，梦觉觉非，竟有何事！"是时距今一千一百四十三年。立说如此其果决，门风如此其殊险，不入此境，枉为文人，此耀南读天夫《常德赋》而长太息者四也。

常德有夹山，曾有"圆悟佛果禅师"骆克勤

应荆州名士张无尽（商英）及澧州刺史之请，在那里讲解雪窦重显的《颂古百则》，留下一部十卷的《碧岩录》，世称"禅门第一书"，把中国"文字禅"推向巅峰。是时距今九百年。文辞如此其锦绣，思想如此其尖锐，学不至此，不得谓之学，此耀南读天夫《常德赋》而长太息者五也。

耀南亦生于常德之沃土，却不能有陶潜之梦寻，焉能不长太息；耀南亦饮于常德之清流，却不能有屈子之独清独醒，焉能不长太息；耀南亦奔走于常德之孤峰顶上之红尘浪里，却不能有药山之朗笑、德山之孤峻、圆悟之锐利，焉能不长太息？

耀南以文为生活，以笔为温饱，而不能有天夫之神笔，撰出《常德赋》，焉能不长太息！

陆士衡（机）《叹逝赋》曰："川阅水以成川，水滔滔而日度。世阅人而为世，人冉冉而行暮。人何世而弗新，世何人之能故。"面对如白驹过隙、忽然而已之"速成"人生，面对是其所不是、不是其所是之"吊诡"人生，噫嘘兮！於戏兮，耀南焉能不长太息！

吾兄天夫撰《常德赋》，丁亥腊月十七日刊于《光明日报》四版。耀南读之，击节而叹，感而措词，不知所云。

（作者张耀南，系北京大学哲学博士、教授）

二〇〇八年二月二日 22：34 起，
二月三日凌晨 1：20 迄，北京西城三塔寺

厚德远播春消息

——张天夫新赋《迎春赋》赏读

萧汉初

  且说2009年新岁之首，农历己丑牛年将至之际，湘楚作家张天夫诗兴清发，壮思高飞，坐拥他那诗意浓郁的观临澧水东流的"江南居"中，写就新赋《迎春赋》，畅吟辞旧迎新的胜概，一挥浓墨重彩的妙笔。当其时，我也正立于常德市血防医院病室窗前赏雪，喜迎新岁的一场诗兴勃发的瑞年大雪，并与张天夫通过电话互致问候。我隐去病休的情状，只赞颂他的脍炙人口的辞赋佳作《常德赋》刻上闻名遐迩的常德诗墙，他亦按下酿就《迎春赋》的文讯，而牵挂我的评论《石火留光天人妙文》刊发的程序。这真是两处心相悦、待赠一枝春的诗意心态啊！

  及至张天夫将《迎春赋》从电子邮箱传递给我，而我也从长沙打长途电话告知他《中国散文评论》双月刊发表了我赏评他的散文精品的文章即

《石火留光　天人妙文》，诚如《迎春赋》中的诗语称"笔舞东风，且看迎春第一枝"的情景，从天坛地坛文坛诗坛而论，都属令人歌之诵之舞之蹈之的佳音哩！

《迎春赋》确实不愧"笔题飞雪千里""壮怀千秋之先"的美文丽篇。我曾以"像拥日月之明，像聆金石之声，像挽江海之波澜，像睹虎豹之炳蔚"的喻句，盛赞张天夫散文的思想美和艺术美，今再用来赏析他的《迎春赋》（当然连同他的《品茗赋》《奇石赋》《常德赋》《湘江赋》诸篇）亦是最恰切不过的。辞赋一体，典雅宏富，实为诗与散文的合璧：博古熔今，诚演才智时势的造化。汉赋辉煌于一朝，每逊于唐诗宋词之永久，而当代赋体复兴缘起名家，凡际遇庄重典礼，煌然盛思，方家纵笔，常有令读者耳目一新的奇赏。张天夫的赋作业已产生的阅读效应，一洗陈赋堆砌冗繁的旧迹，焕发新辞鲜妍铺张之艳容，既继承泱泱诗国传统之精华部分，又提升当代文学受众品位之高格档次，难道不正是彰显我辈武陵辞家湖湘文苑华夏诗坛乃至世界华人的深厚学养与高尚文明之绝佳表现契机吗?

细读《迎春赋》,开篇即觉大气磅礴,蓄势壮美,"谢光阴之宝树","理人间思绪"以点洞庭之墨趣;"陈瑞雪之盛宴","学少年狂放"而展万花之献瑞。以下是三层排比段式序写"举流觞以迎春,情天真而忘忧","偕古今以迎春,心神圣而高扬","携天地以迎春,人永恒而无疆",紧扣以人为本、天人合一、和谐发展的主题,弘扬德山有德、有德自香、天下追梦的憧憬。终篇以自信自强自豪的设问之句"芙蓉之国,谁堪迎春之人?妖娆之乡,谁启冻雷之声?"问卷,金声玉振,志存超越,而答案含蓄在恒心与壮怀的东风起舞春光显露之中,迎春之人唯我常德,唯我湖南,唯我中国。《迎春赋》在思想价值与审美价值的整体理念上,在个性化色彩的形象创造上,定格在了真善美的高标顶层。

张天夫是富有湖湘气质的诗人和散文家,亦是当代新格辞赋的知名强手。《迎春赋》是他在牛年献上的迎春第一枝，祝愿他在持续的颂春闹春恋春计春的妙品绣幅中收获更为丰美！

（作者萧汉初，系湖南文艺出版社副编审，著名诗人、作家、评论家）

二〇〇九年二月十一日凌晨于长沙高桥

美文胜形两芳馨

——张天夫《常德赋》感怀

雨田

《光明日报》新辟的《百城赋》专栏，引起国人广泛注意，反响强烈，形成了"百城列队向光明"的壮观。在这浩宏的方阵中，张天夫的《常德赋》"后来居上"，赶在2008年春节前发表了。报社认为这是一篇难得的佳作，把她作为一份新春的贺礼，呈献给全国广大读者和常德市人民。

此赋刚草成时，我便有幸先睹为快，并特赋诗一首，其中有句："常抱大德天下重，美文胜形两芳馨。"的确，自古以来，不少风景名胜，促孕了一篇又一篇传世杰作；反之，"江山也要文章捧"，因了这些不朽之作，又更增添了它们的迷人魅力，互衬互辉，相得益彰。我想，天夫的《常德赋》也必将成为这样的一段佳话。

常德，是在全国乃至世界叫得响的品牌名城，她是闪着华夏光辉的一颗历史明珠，也是焕发着新时代青春光彩的一顶桂冠。谁人不起故园情？张天夫以做一个常德人倍感自豪，把反映、歌颂、推介常德视为自己的义务和责任。

捧读《常德赋》，总感到浓浓的江南气息扑面而来，即便是对种种历史陈迹的铺叙，也尽显其勃勃生机。江南是诗乡，常德是诗城，而张天夫的内质，其实就是一个浪漫唯美的诗人。《常德赋》熔主客观种种元素于一炉，简直就是一个活脱脱的诗的世界。词作家乔羽曾说："地域环境对造就一位艺术家来说，其作用是至关重要的。"武陵、常德、夹山寺，澧兰、沅芷、桃花源，这一切对张天夫来说是太熟悉了，它们所积淀的丰厚的人文精神，便是他生命中最初的童话，最甜的乳汁，哺育他茁壮成长，甚至可以说这本身就是一个孕育诗情的过程。

张天夫是迈着坚实的脚步走过来的。但每过一段时光，他总让人大吃一惊：刚抛出一首好诗，又捧来一篇奇文，让你目不暇接。看了他最近写的一些作品（包括诗词歌赋书画文），我甚至忍不住想问：这是你写的吗？太熟悉了，对他这个人；太陌生了，对他脑子里迸出来的那些文字！

我认为，张天夫最大的优点是不愿重复，他不重复自己，更不重复他人，他追求的是自我个性的张扬和作品的特异品性，《常德赋》就是这样的作品。我还认为，张天夫最大的聪明就在于能认识自己的才能，有了这种认识，笔下才能为所欲为。"赋"，你敢写吗？早在先秦时代，咱们楚国的屈、宋便达到了后人难以逾越的高度，晋唐以降，名家迭起，加上赋本身的一些局限，后学者大都望而却步了。而张天夫却荷笔独前行：《品茗赋》一炮打响，继而《奇石赋》《茶禅赋》《母校赋》连环而生，再到这篇《常德赋》大展风采。可以说，这是当下难逢难觅的一篇美文。

《常德赋》充分见证了常德悠久的历史文明，唱响了新时代的赞歌。在这片历经沧桑的美丽神奇的土地上，留下了多少英雄好汉的脚印，演绎了多少可歌可泣的故事，创造了多少震古烁今的奇迹……作者以时间为经，地域为纬，妙笔生花，或铺描点染，或虚实相映，或今昔对比，或抒怀寄情，往往一字一地，一句一景，风光人物，尽在其中。在简短的不到一千字之中，纵横驰骋，给读者提供了无限广阔的思维与想象的天地。能达到这样的艺术境界，该有何等的功力——思维功力，知识功力，生活功力，写作功力！真的艺术品是深山之玉、大海之珠，要获得她，非付出巨大的劳动代价不可！

任何时候都不会有最后的高度。张天夫年正富，力正强，笔正健，来日不可限呵！

（作者雨田，系著名诗人、学者）

二〇〇八年一月二十二日夜江南街

赋引春色更烂漫

——读张天夫《迎春赋》

云桥

玉兔衔绿，春回大地。当新年新春来临之际，张天夫荷如椽大笔，饱蘸汨罗江的蓝墨水，挥洒于武陵笔架山前，点染桃花，剪裁柳叶，铺绘出湘楚迎春彩画一帧，让纵横的九澧、浩荡的沅湘，春光更明媚，春意更浓烈。

张天夫是从澧水之滨走出来的著名诗人、散文家，也是辞赋大手笔。仅就赋而言，他创作的《品茗赋》《奇石赋》《大地赋》《太阳神赋》等篇，皆脍炙人口，广为流传。而其《常德赋》见于《光明日报》后，在"百城列队向光明"的浩宏方阵中，独领风骚，好评如潮，不久将以巨制镌刻于驰名世界的"中国常德诗墙"，叹为大观！

《迎春赋》和他的其他赋作一样，气势雄放，词采斐丽，使人留连，让人振奋。而最令人迷醉之处，便是作者以生花妙笔，尽展春节——中华民族这一传统节日的习俗盛况和文化精蕴，融汇进难分难解的民族情结，渲染出湘西北沅澧流域让人魂牵梦萦的乡土气息。

春节是我国四大传统节日（春节、清明、端午、中秋）之首，传说始于虞舜。舜受禅登天子位之日，大会部落首领，便将这天定为岁首。历史学家考证，远在殷商时期，人们于年尾岁头，祭神祭祖，于是相沿成俗。古代过年（春节），一般从腊月初八"腊祭"开始，到正月十五元宵结束，以除夕和初一为高潮。锦绣江南，荆楚大地，从来是人文蔚盛之乡，节日气氛尤为浓烈。据《荆楚岁时记》一书所载，在魏晋南北朝时期，辞旧迎春、团年守岁等风习，早已形成。历代沿袭相传到今天，更是别有一番盛世气魄和风采。

张天夫笔下的春节是盛大热烈、多姿多彩的。

"严冬转少，一展玉容"，"朗州卧玉，鼎城不寒"，"春秋作寿，万花献瑞，焰火腾云，琼花作雨"，"三湘环列，争献早春祝辞；四水传杯，畅饮冰酿雄酒"。千家万户，举流觞以迎春，情天真而忘忧，真可谓流光溢彩，山欢水笑，让人心旌振扬。

张天夫笔下的春节是温馨、充满亮色的。

"守除夕之长夜，听子夜之钟声"，"红炉夜话，尽是往日消息；不眠城廓，重温神州新闻"。回首过去的岁月，"更忆三秋诗会，难忘十月颂橘"；展望未来年华，"梅登新枝，预报四方佳音"；"雪照风流，光耀一代湘人"！我们可以说，在全世界所有民族节日中，中国春节是最具人情味的，她将人类和乐友爱之情张扬到了极致。家家户户，张灯结彩；男女老少，喜气洋洋；家人团聚，乐享天伦；亲友互拜，共祝康福。亲情、乡亲、友情，弥漫在整个春节的各种活动之中，使人充分感受到人生的美好和人际关系的融洽，怪不得千百年来，让炎黄儿女讴歌不断，让海外华人引以为荣为傲！

张天夫笔下的春节是健康向上、积极进取的。

中华民族是乐观向上的民族，中国春节是乐观向上的节日，这种精神，可以说是整篇《迎春赋》的主旋律。"诗人者，不失其赤子之心者也。"（王国维语）唯其对国家、民族、时代有一颗赤子之心，才有创造新生活的锐气、勇气、豪气！《迎春赋》中，豪情壮语，满纸生辉。他长吟："云楼撞钟，天河涌动；金声壮阳，人心思飞。"他大呼："雪光长鸣，啼醒湘北振羽；银辉扬鞭，驱飞沅澧夜奔。"见雪飘而振羽，闻钟声而思飞，枕戈待旦，迫不及待，生动地状写出当代潇湘儿女、武陵俊杰凌云奋飞之志、凌厉高蹈之姿！

张天夫在赋中所表现的这种昂扬精神，与古往今来仁人志士在新春佳节时所持的高远襟怀是一脉相承的。三国时诗人曹植，在《元会诗》中，祈愿"初岁吉日，千载为常"，人人"欢笑尽娱，乐哉未央"。宋代大文学家苏东坡，虽一生命运坎坷，但心胸豁达，他在《守岁》诗的结尾放言自誓："努力尽今夕，少年犹可夸。"一年奋斗努力到除夕，来年还要做血气方刚不罢不休的"少年"。苏东坡除夕守岁的豪情，也可说是我国春节精神的写照。

据说印度有些地方部落过春节，哭哭啼啼是其习俗。每到元旦之晨，家家户户一片痛哭之声，究其原由，是他们悲惜一年又过，时光易逝，人生苦短，思之怎不令人肝肠寸断？各国风习相异，不可苛求一律，唯中国春节洋溢的进取精神，弥足珍贵！

宋代大改革家、大诗人王安石的《元日》，总是把人们带到一种节日的喜庆和不断弃旧图新的境界之中去："爆竹声中一岁除，春风送暖入屠苏。千门万户曈曈日，总把新桃换旧符。"诗中的爆竹声连绵不绝一直燃响到今天，"新桃换旧符"的风俗也依然保持未变。社会在发展，时代在前进，只是那照耀千门万户的"曈曈"之日，却更加灿烂，更加辉煌了！不是么？张天夫在赋中写道："谢光阴之宝树，弃旧岁而常春。宏波荡漾，正续大地长春！"

为"续大地长春"，《迎春赋》用金鼓铜琶奏响了迎春、续春的进军号。正如诗人郭小川所说：中国人前所未有的、黄金的日子，真的来到了！当节日的礼花点燃人们心中火种的时候，人们总会把目光投向更加美好的未来。"偕古今以迎春"，"心作光明之想，心神圣而高扬"！真是一语而通天下心。

诗品出自人品，豪言来自雄心。动人心弦的诗文是饱满情感的宁馨儿，是深刻思想的骄子。张天夫立足武陵，放眼神州，欲弘大德，遂渔人千古之憧憬于天下。他"墨点洞庭"，"诗颂吴楚"，引吭高歌："天下问道，遥指德山"，"射思想以北斗，穿目光以沧海"，"双臂怀抱，左右江山"，"抱桃源而疾奔，天下追梦"！这是何等的胆识才气！清人黄子云指出：夫为文者，"眼不高不能越众，气不充不能作势，胆不大不能驰骋"。天夫君为文造语，能达到这种境界，乃胆识才气四者相济而水到渠成的结果，这也是他为人为文值得称道之处。

寥寥不足千字的短赋，给人以太多的人文慰藉与哲理启思。篇末的一叹两问，更是让读者萦于耳系于心："嗟夫！芙蓉之国，谁堪迎春之人？妖娆之乡，谁启冻雷之声？"这是一个奇迹迭起、英雄辈出的时代，他在寻找，他在呼唤！

我相信其应者必将风起云涌于四方。

（作者云桥，系著名诗人、学者）

二〇一一年一月上旬集贤村

张天夫辞赋的思想艺术特色管窥

王继杰

　　辞赋这种文学体裁形式，曾在中国历史和中国文学史上大放异彩，以伟大的爱国诗人屈原为代表的楚辞不仅成了楚文化的象征，也使屈原成了世界级的伟大诗人；以铺张扬厉著称的汉赋，则充分体现出了汉帝国的大国风范与人文风采。

　　穿越几千年的历史时空，在中华文明曙光初现的澧阳平原西端、澧水流域的武陵山脉之中，又降临了一位文星——张天夫。他不仅在散文写作方面两次荣获了中国散文的最高奖——冰心散文奖，在中华诗词、楹联及辞赋的写作方面，也堪称高手。

　　自从白话文兴起至今百年之间，辞赋这种以古汉语或文言为依托的古老文体就日渐式微了，现在仍然能较熟练地写作者，已越来越少。凡涉猎过中国古典文学的人都知道，辞赋写作的文学素质要求很高，它不仅要熟练地运用古代汉语及对仗、排比等修辞手法，在语言的节奏、声韵方面也有诸多讲究。最为鲜明的另一个特点是必须熟练自如地运用丰富的人文典故以彰显作者深厚的知识底蕴与飞扬的文采。而这一些特点，在张天夫辞赋中都有精彩的彰显。

下面，我就对张天夫辞赋的思想艺术特色作几点管窥式的探讨：

一、宏大的艺术气魄

自屈原奠基，宋玉继承拓展，到汉代乃至之后历代辞赋名家们的发扬光大，辞赋的写作就具备了一种宏大的艺术气魄。这种宏大的艺术气魄不仅包括作者心胸气度的宽阔与眼光的深远，还包括文采方面的兼收并蓄，敢于最大限度地铺张扬厉，展示出作者深厚的学养与汹涌的激情。这一辞赋特色在张天夫辞赋中也得到了很好的体现。例如他的《石门赋》，偏处于湘西北山区一隅的石门县，在他的笔下，就成了灿烂石门，"湘北大邑，临长江，处洞庭一隅。山倾西北敞澧阳平原，河折东南抱吴楚风月。山朴而古风习习，地厚而物华钟钟。北门之锁钥，湘鄂之都会也"。看到这段文字，读者就会想象出作者是站立在湖南屋脊壶瓶山巅，目光览尽了大江巨浸、澧阳沃野、吴楚风月、皇天后土、都会锁钥。不仅目穷八极，还能思接千古："故国千秋，幽幽澧兰，有屈子行吟，……路漫漫兮后来者正上下求索。"这就把现实与历史有机地结合起来了。这种囊括时空的大手笔，绝非虫吟草间的小家子气所能比拟。这种艺术气魄，不仅在写山川都会的作品中，在写"品茗""奇石"等咏物性质的作品之中，也都能体现出来。

二、精彩的语言运用

辞赋的写作，不仅要词采丰富，想象奇特，而且还要十分讲究语言的节奏铿锵、韵律和谐，句式的对应与排比。作者若对所用的每个汉字的义项及词性、声韵没有足够的了解与把握，是根本无法凑合出来的，否则就会画虎不成反类犬。这一点张天夫辞赋也有精彩的体现。如《湘江赋》中的"身老孤舟，少陵不病仁心；人落荒州，子厚常哀国殇"，就是对应句式。"神农追百草之香，舜帝巡苍梧之云，二妃泣君山之竹，大禹传岣嵝之碑"，就是排比句式。它虽不像后来的律绝那样每个字都必须讲平仄对应，但也须每个音节的词性相同，名词对名词，动词对动词，形容词对形容词，数量词对数量词，甚至于小类也须相同，如人名对人名，颜色对颜色等等。从这一点即可看出张天夫的语言文字功底，绝非一般写写新闻报导者可以望其项背。还有一个更鲜明的特点，他在辞赋作品中所运用的语言，虽然还是文言，但却大量运用了现代语汇，甚至散文句式，而且彻底抛弃了动辄运用大量古奥艰深的典故来铺陈演绎其内容的陈旧手法，往往直奔主题，言简意赅，读来令人耳目一新。他这种语言运用的出新，也是历史和文化发展的必然与必须，是成功的范例。

三、铺张扬厉的艺术手段

赋者，敷陈其事也。一个题目到手，作者怎样去发挥，就要看他是否有见物起兴、遇事抒怀的能力了。除了丰富的知识积累，还要有活跃的思想、丰富的表现技能。写大赋固然必须如此，写小赋也得具备这种能力，才能抓住所写题材的某一重点来深挖远拓其内涵与外延的意蕴。《奇石赋》就是这一特点的范例。该赋只有四百字左右，却把作者对采石、品石的乐趣，及石门奇石中所蕴含的无穷人文魅力，写得既深且透，且上升到了哲理的高度。

四、精粹警辟的篇幅

这一特点，我认为张天夫是在继承传统的前提下改革出新而成的。汉赋一般都篇幅较大，洋洋洒洒。张天夫的赋却似乎有意识地高度浓缩。原来，汉赋过分的铺张扬厉而造成的舒慢散缓早就受到后代文人们的批评与改变，这也是唐代诗歌走向精练的以律绝为代表的近体诗的历史原因之一。张天夫去掉了汉赋舒慢散缓的毛病，而力求短小精悍，以少胜多。其中34篇作品，最长的也不过八百字左右，短的不过二三百字，《诗铭》一文只有一百二十字左右，以彰精粹。

五、深邃的思想内涵

张天夫不仅在其散文作品中体现出深邃的思想内涵，在其辞赋作品中也同样如此。他的作品体现出的思想内涵，不仅彰显了一名共产党员的马列主义理论素质与情怀，还用开放与包容的胸襟，熔铸了中国古代诸子百家及儒、释、道三教中的仁爱、普济、责任思想，"先天下之忧而忧，后天下之乐而乐"的家国情怀，以及天人合一、道法自然的哲学思想。同时也体现出了他深刻的思辨能力与极强的熔铸能力。他每写一物，总能以小见大，以少胜多，由此及彼，由古及今，以今鉴古，从一粒微尘可鉴大千世界，从平凡的事物中体现出深刻的哲理，内涵极为丰富。尤其值得称道的是，他对所涉及的一些题材，都能挖掘出其中深刻的文化内涵，古为今用，为当代的文化经济建设起到推波助澜的促进作用。所以篇篇都有积极的现实意义，篇篇都堪称经典。

还以《奇石赋》为例："手抚石得日月之肌，目抚石获海天之色，心抚石识宇宙万类，神抚石知古今之变。四海风月，万古风流，尽收在小小沧海石中。江山如石，月光如水，品石如品佳茗焉。我乐何极，天地入我陋室；我乐何趣，千秋与我同庐。穷无有如我者，富无有如我者也。米芾拜石，古之大拜耳。四海靡靡，唯石大朴，今之君子，欲修其身，不可不拜石也。四海滔滔，唯石不言，今之智者，欲著文章，不可不拜石也。四海弱弱，唯石可补，今之志士，欲行大道，不可不拜石也。石乃奇书，不可不读也。天虚无乃有孤月，人虚无可生孤情。孤情者则不孤独。问石复何以教我？与人交可得知己，与天交可得奇石。"这就把他所收藏、珍爱的石门奇石上升到了哲理的思辨高度，令人读之灵魂都能得到升华。

六、不是为了"玩"文学，而是为了"用"文学及文化来为国家的文化经济建设服务，这是张天夫辞赋最为显著的特点与价值。

说张天夫是一位作家、诗人、楹联家、辞赋家、书法家，不如说他是一位文化经济建设方面的策划家更为恰当。张天夫辞赋中的很多重要作品，都是为了促进他所在地域的文化经济事业的发展，是以文化搭台、让经济唱戏的策划中的重要内容。例如《品茗赋》《茶禅赋》《橘乡赋》《奇石赋》《幽兰赋》，就是他策划把石门的茶叶、柑橘、奇石、兰花，打造成著名品牌，来促进地方经济发展的典型之作。在县委、县政府的领导下，在他的策划运作之下，石门有了中国柑橘之乡、中国茶禅之乡、中国民间藏书之乡的美誉，有了"中国柑橘节""中国茶禅之春"等地方特色节日，如今石门的柑橘已经通过一带一路远销到欧洲去了。石门的茶叶不仅已名扬天下，他还把石门夹山禅茶祖庭在世界上的影响力拓展到了空前的程度，连日本茶道的泰斗级人物多田侑史会长也代表茶道的千家流派来拜谒夹山。当他抿了一口夹山碧岩泉的泉水后，竟突然仰起头来，眼含泪花，对着悠悠白云，掷出一句众人皆惊的话来："此生可以瞑目了！"

张天夫不仅对石门，甚至对常德地区，对湖南省都有贡献。《常德赋》《太阳神赋》《盘古赋》《常德报业赋》《武陵财富赋》《常德西门赋》《常德烈士纪念碑碑文》《常德老区记》等作品，就是为常德写的；《湘江赋》则是为全湖南写的。他曾对我说过：文学作品若不能务实，不能为社会和经济建设服务，就是没有意义的古董摆设，只有融入当代的潮流中，才有生命力。他自己就是最好的身体力行者。

为了推广石门的禅茶文化，他可以说竭尽了全力。现在全国很多著名的茶馆，都有张天夫所撰所书的对联，恐怕全国任何一位著名诗人也不可能有此殊荣。他的散文除了两次获得冰心散文奖之外，还成了全国高考的试题。有不少人认为，他已经形成了一个"张天夫文化现象"！

湘西北是我的故乡，我为石门出了这样一位文星，更为我有幸结识了这样一位文星，感到由衷的荣幸和骄傲！

（作者王继杰，系知名文史学者、评论家）

二〇一八年十二月二十五日洞庭之滨

赐墨添香

书法作品选

耸立在三湘名校石门一中广场上的张天夫《母校赋》汉白玉巨型石碑，正在举行隆重的揭幕仪式。

母校赋　张天夫撰文

悠悠母校在水一方　群峰西来镇澧阳　一舟碧水东娅抱洞庭　三秋城小镇苍海之月　云薄带盖瓶之秀　此澧水之形胜也　回首故国当年正民族危亡之际润国诺　君城颐挥剑江边　拍栏刻学府扲九澧斯时浪打寒窗镜敲楚天惊雨风送潇湘吾　翻南国府贤秀云出坤盖是芙蓉之色白鹤鸣江督带楚薜之音　百年澧州番然成悠长也　甲中八月金书香之地　此澧水之地也

果果母校满庭芬香　采幽兰芳雨峤挂云帆兮三江有将军红鼎良臣辅国文章贵　云俊士踏芳一山佳木千株楝梁风扬不偏绿树云散不舍故乡人对黄花十年童　音不老身在雨风三载师恩未瘦吐新绿一蟠绣少年春梦婉　红烛一柱照百年柔肠欲低见兮髅睿入怀欲高飞兮筝书鹭翱翔移星斗芳镱九澧人物练长江芳接沅澧红浪长欲欲裁心隐校门影落云天一声呼唤秋雁近又踏黄叶游子遥

岳麓吾院新旧学府　托起古今湖湘云天　批阅满园芳草南抱岳阳草章文气岙来　托起古今湖湘云天　批阅满园芳草南抱　岳阳草章文气岙来　风拂城学府东逶面貌焕然斯时矣北仰

丙申夏锡良

著名书法家张锡良书写的张天夫《母校赋》

167

耸立在全国最大民间书院逸迩阁书院内的张天夫《逸迩阁赋》花岗岩巨型石碑

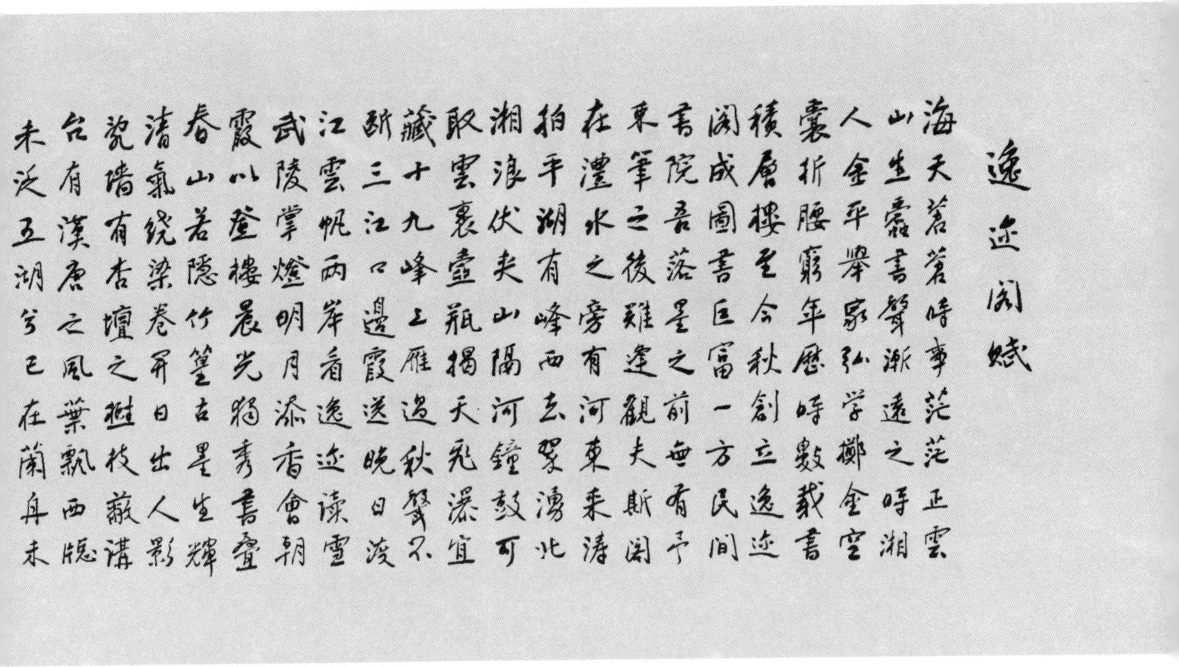

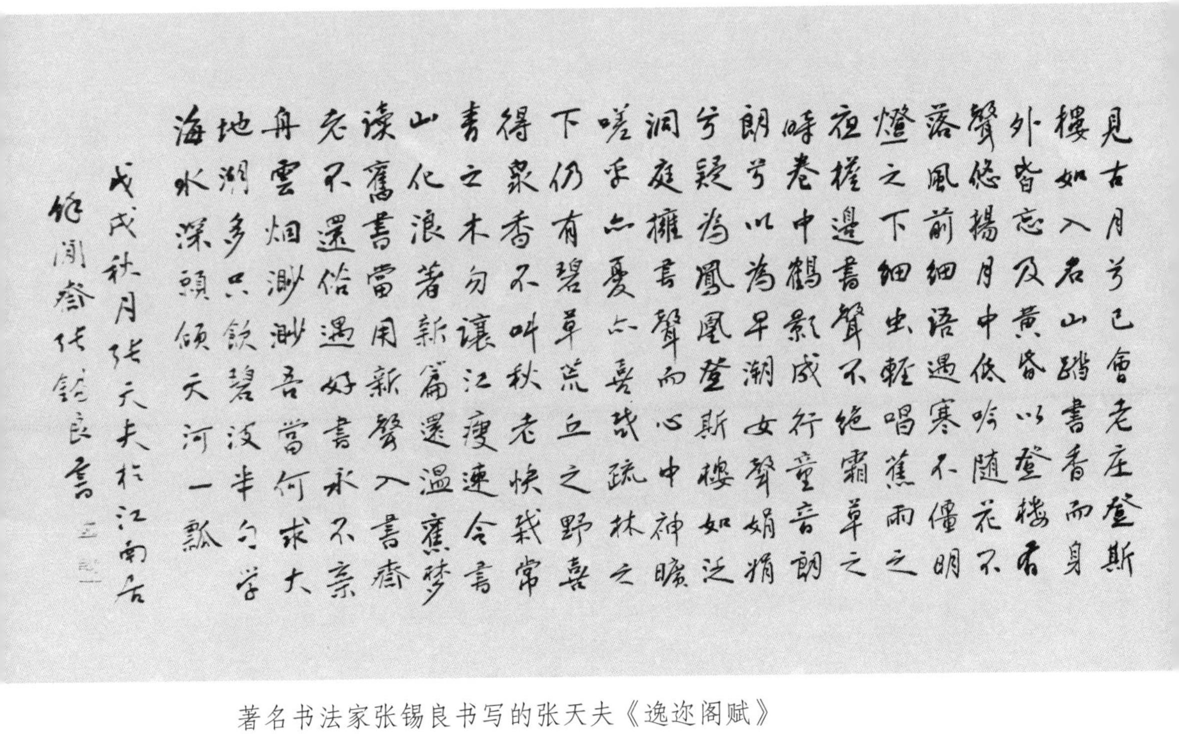

逸迩阁赋

海天苍苍，时事茫茫，正云
山生嘉书声，遥之时湘
人金平峰家弘学卿金堂
囊折腰穷年历时数载书
积厚楼呈今秋逸迹
阁成图书巨富一方民间
在澧水之后难逢观夫斯阁
东笔之旁有河东来涛
拍平湖有峰西玄要湾北
湘浪伏夫山隔河钟鼓可
取云裹壶瓶揭天飞瀑宜
藏十九峰上雁送秋鸳不
新三江口过霞送晚日渡
江云帆两岸看逸迹读云
武陵若登楼晨光古生辉
霞以登楼添香书童堂
春山若隐竹�古日出人影
清气绕梁卷开日出人影
瓷墙有书坛之搜校藏讲
台有汉唐之风叶飘西腮
未泛五湖兮已在兰舟未

见古月兮已会庄登斯
楼如入名山踏书香而身
外杳忘及黄昏以登楼香
声悠扬月中低吟随花不
落风前细语遇寒雨之
灯之下细虫轻唱蕉窗不
在楼遇书童音音朗
时卷中鹤影成行童音朗
朗兮疑以为凤凰登斯楼
兮洞庭拥书声而心
嗟乎山喜之野喜
下仍有碧草荒立之野喜
青之木勾让江瘦速今喜
山化浪若新篇还温窟梦
读奋书当用新书香
老不还俗遇好书当求大
舟云烟渺渺只饮碧波半勺学
地湖多半只饮碧波半勺
海水深头顷天河一瓢

戊戌秋月华天夫于江南后
锡良书

著名书法家覃业文书写的张天夫《品茗赋》

张天夫《品茗赋》镌刻在全国各地的茶楼、茶馆

湖南省文化厅原厅长、著名书法家周用金
书写的张天夫《橘乡赋》

采：江南果园傲佯浚皇嘉树
在我澧阳地生壁果歆占家梦
长江石度冷雪巫山廉隔寰雲
果献重阳三月花开如雪铺张
天嶙斯土草木苓苓湘橘早熟
雪带三江碧水山敲四时骏先
影谐洞庭乌衔芳兮香漱衡阳
楚山夜宿花心澧水浪泊青帐
轻风徐来蕙花诚昂风提素裙
碧葉千里收尽江南春雨玉雨
临风照光西子湖先花扬三季
重瓶敲美菜风逢娇天铺雲袱
橘花枝张甜窖潇湘十月橘熟
载歌栽唱青坪献瑞龍凤呈详
天：桃红色艳美梦吴栽灼：
百王果廊珠串三湘橘摇风铃
抽墨雲墙千河剪枝五湖橹筐
疑是空之陵诺鸳鸯霞云落英

耸立在中国柑橘之乡秀坪观橘坛的
张天夫《橘乡赋》花岗岩巨型石碑

173

镌刻在中国常德诗墙上的张天夫《常德赋》

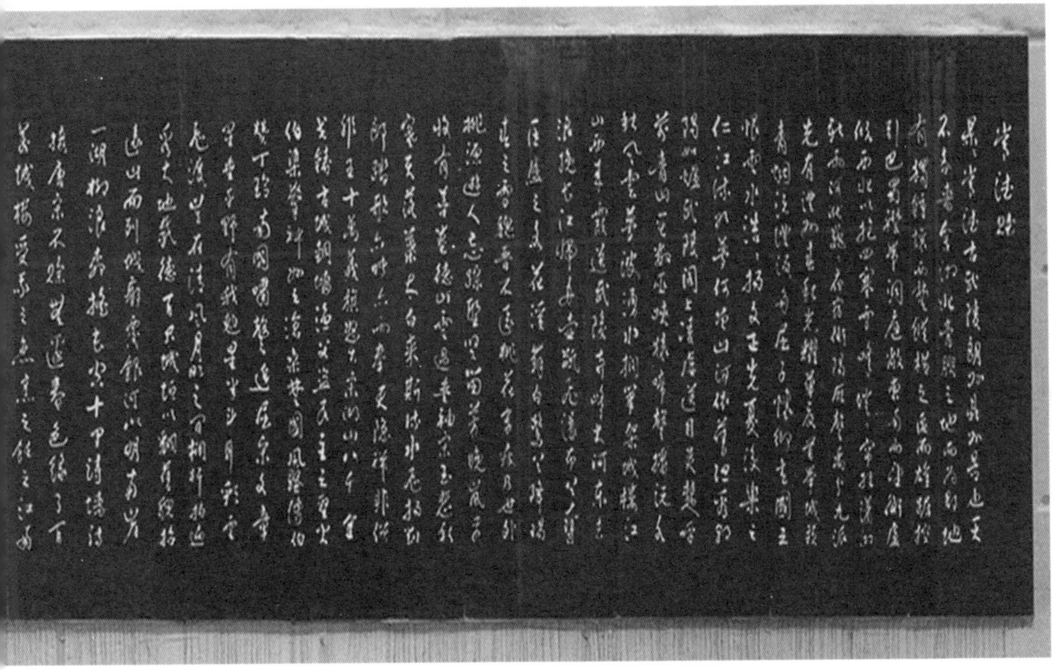

常德市人大原主任、书法家刘明书写的张天夫《常德赋》

常德市人大原主任、书法家曹儒国
书写的张天夫《盘古赋》

176

耸立在常德太阳山景区盘古广场上的
张天夫《盘古赋》大理石巨型石碑

石门赋

两引唐诗六桁山谷留笔一点，宋墨常新奉天隐形鹜梦，散作飞雪辞化剪心裁，成红梅悠悠宁空谷是者瞭，云海之笔南国颓颜化剪楚诸峰。晋有浔阳旧邑之耳惚闲残夜，门对郁日一水东宛东三城青罗，群峰巾分夹十寄烂火四面，青山曲屏一江红楼彩云罗，何来渺渺荼山飞渡星杰，何来的，楠园纵经萦何，来酱引四海惆波捧书影六添，苗峰五湖天涯何来，风月牧雏摩一乐长虫收全秋邦珠，于南乡据地藏於西山耀明，于两河鼓光明三江贫膺之，坤十载穿云棹雨探天之志，一跃重宵夺日煌煌笔藏月，河川邈？芊澌蕊，於银河，劲下平原而狂奔负苍穹，以追远理溟流而闲心两楚红，桑安能少巨石之足湖南风流，六可无九澧之人肇秋水而怅，目展彩霞而扬翼浩，裁谓我，何求石破天惊千秋彩门古今，归乎

张天夫 石门赋 裕华书
于知足斋戊戌冬月

耸立在石门火车北站广场中心的张天夫《石门赋》（之二）花岗岩巨型石碑

178

石门政协原主席、石门诗书画影协会会长
田裕华书写的张天夫《石门赋》

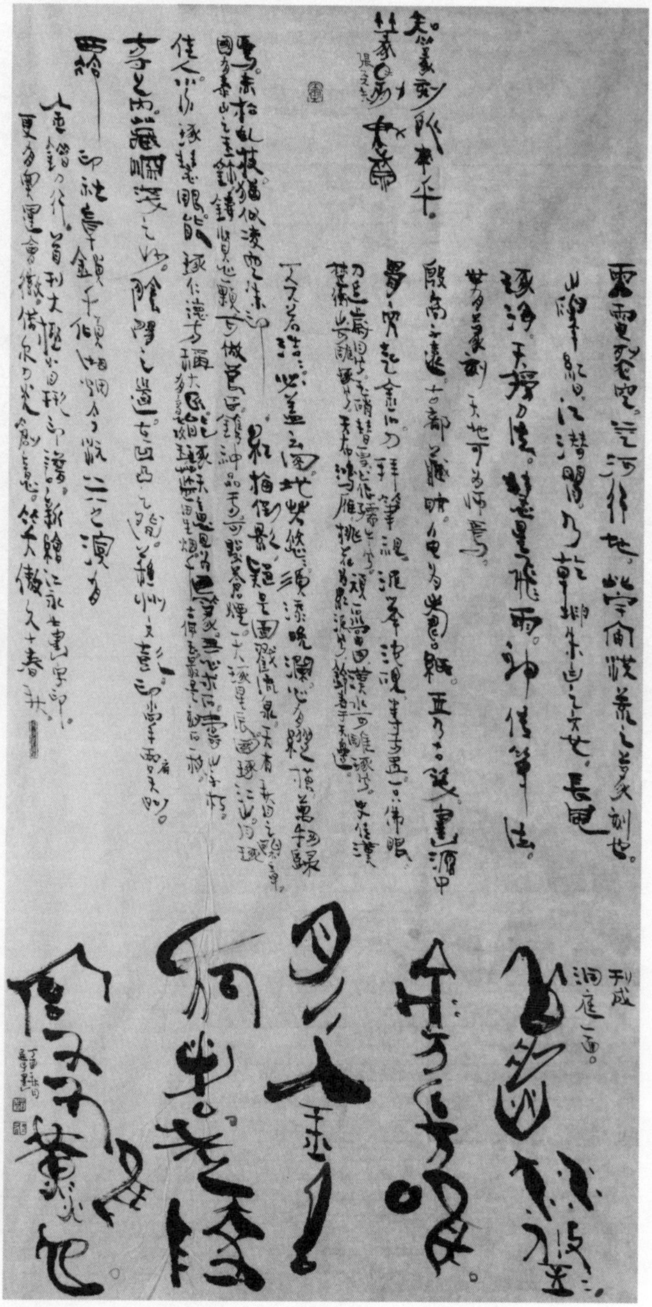

著名篆刻家赵冬友书写的
张天夫《篆刻赋》

石门县文联主席、书法家韩镛书写的张天夫《幽兰赋》

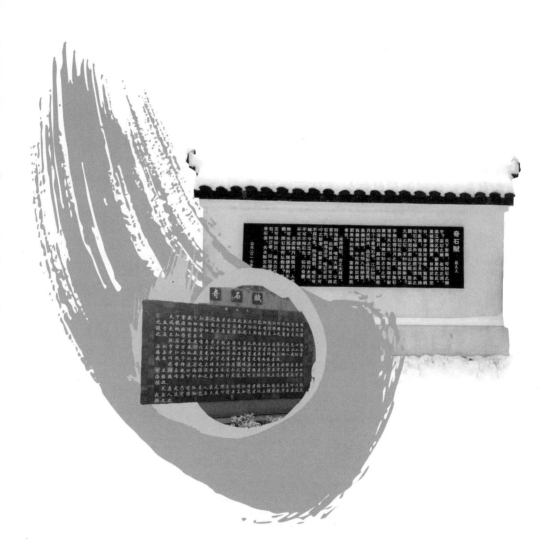

镌刻在全国各地奇石馆、奇石园的张天夫《奇石赋》碑

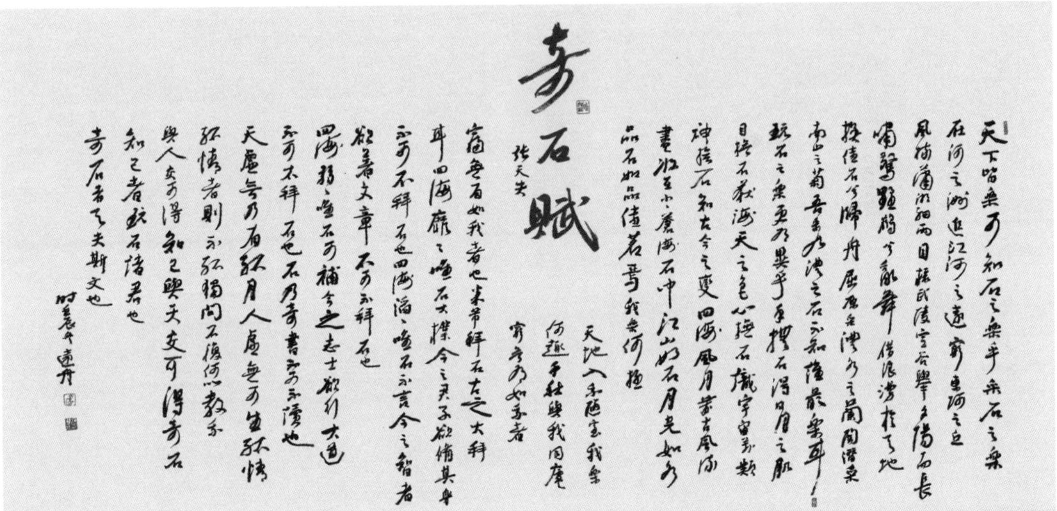
奇石賦

后　记

　　生活在现代的人按理应该专注现代文体的写作，但偏偏有时爱扭头往回看，喜欢写一些古代文体的文字，这不应看作是信而好古，除人的秉性外，其中一个重要的原因就是中华古代文学不仅具有永恒魅力，而且还具有极大的现实功能。我的一些经历也证明了这点。我平时写的一些散文、杂感、随笔、诗歌等，大家都还能认可，但只能传其意而不能传其句，唯有那些诗词、对联、辞赋中的一些好句子、好片段，常挂在一些人的嘴边，口口相传，不少句子还成了旅游、商品广告语。这是古典文学的魅力，句短、意长、顺口，具有经典性、传播性。

　　今天的人如若玩古典的诗词、对联、辞赋，最重要的一点就是莫要忘记自己是当代人。宋代回不到唐代，今天也回不到明清去。旧瓶装新酒这句话不全对，旧包装也是需要更新的，唐以后辞赋的写作就与楚辞、汉赋不同，形式要活泼得多，语言也清新些了。既然是当代人就要注意形式、内容、语言、情感都不要走回头路，去重复古人，不要死死抱住旧的形式不知变通，活人写死文章。个人主

张形式旧中有新，内容新中无旧，语言去陈务真，思想唯我独行。力求传播今天，经典明天。

我这三卷诗词、对联、辞赋，除辞赋不足一百篇外，诗词、对联两卷都是选集，各选了一百首，凑足一个整数。汇成三卷一并出版，姑且算平生一个小结。这三卷小册子有一个共同的特点，都不是专门式的写作，除部分诗词外，大多是因工作和社会活动带出来的作品，但绝不是我们平时说的应景之作。事出应景，而文不应景，像滕子京请范仲淹为岳阳楼撰文，是乐之其事的应景，是笔之其外的不应景。我自始坚守写作的文学性和经典性，把能否传播传承看作写作的原动力，不敢有一点马虎。

这套诗词、对联、辞赋三卷书，每卷各分成了四辑。诗词分成了怀抱之间、古今之间、山川之间、草木之间四个部分；对联分成了有梦春秋、有眼风光、有情互达、有灵万物四个部分；辞赋分成了瓦当阳光、青墙春草、勾栏绪风、檐前雨声四个部分。其实文难定界，每卷分成四辑都是勉强的，其用意主要是为了让版式活泼一点，读者大不必去对应。

这套书的诗词、对联、辞赋还有一个特点都是短文短句，三卷书没有一首长诗，全部是七言绝句；没有一副长联，只有少数的几副十一字联；没有一篇长文，最长的一篇赋也没过八百字。之所以这样，除我喜短厌长的禀性

外，也是文章应该追求的境界，再说时代也需要短文，文章与时代节奏要合拍。

这三卷诗词、对联、辞赋几乎都在报刊、新型媒体和各类活动中出现过。鉴于古典文学的形式和经典特点，其最佳传播形式不是看是否在媒体上发表过，而是在其群众性，作品是否留在人们的嘴边，像柳永的词一样"凡有井水处，皆能歌柳词"；是否能与当代的社会活动和经典文化结合在一起，成为物眼、景眼、社会之眼。因三卷作品都不是无病呻吟，皆形成有因，写作时无尊者奉，遵循的是为文之道，故这些作品都得到了广泛传播，在全国各地有近三十块巨型辞赋石碑，接受了时间的检验，得到了大众的喜爱；有百多副对联镌刻在全国的名山、名园、名楼上，不少成了旅游广告词；有几十首诗词镌刻在全国各地的诗墙上。这些引起了评论家的关注，认为是少见的一种现象。这不是个人的能耐，应该是古典文学的特点使然。所以，要传承古典文学必须首先是传播古典文学。

三卷中的一百首诗词、一百副对联都随文写了百余字的一段小文，叫"左诗右语""左联右语"，目的不是就此诗论此诗、就此联论此联的自我赏析，而是跳出此诗、此联外说的一些多余的话，同时，提出了一些个人为诗、为联的创作观，都是平时浅显的一些体会，以期与大家共同学习。

三卷中的诗词、对联除极个别用平水韵外，都是采用的新声韵，个人认为一代人有一代人的声音，押新声韵是时代和历史发展的要求。个别不合律的地方服从了词意。

　　时光和历史同大自然的江河一样本无过去、今天、未来之分，今天就是过去，过去还是今天。文学也是没有传统和非传统、古代和现代之分的，古典的是现代的经典，现代的是明天的古典，只是文学形式的不同。我一只手写现代文字，一只手写古代文字，同时出于一个大脑，因这个大脑是一个没有过去、今天、明天的世界。

　　　　　　　　二〇一九年一月二十二日上午9：00江南居